· 名家导赏版 ·

契诃夫戏剧全集

樱桃园

2

Вишнёвый сад

Антон Павлович Чехов

安东·巴甫洛维奇·契诃夫　著

焦菊隐　译

上海译文出版社

目 录

导读
彭涛　时间与命运之谜 I

樱桃园 1
  人物表 3
  第一幕 5
  第二幕 37
  第三幕 61
  第四幕 85

译后记
焦菊隐　一首社会的象征诗 105

* 导 读 *

时间与命运之谜

彭 涛

《樱桃园》是契诃夫的最后一部剧作，也是他最美丽、最复杂的一部作品。

剧本写于一九〇二至一九〇三年，由莫斯科艺术剧院首演于作者生日那一天，即一九〇四年一月十七日。半年之后，一九〇四年七月十五日，契诃夫在德国南部的一个小城巴登维勒与世长辞，年仅四十四岁。

斯坦尼斯拉夫斯基在《我的艺术生活》中记述了契诃夫创作《樱桃园》时的一个有趣细节：尽管莫斯科艺术剧院已经开始排练这个剧本，契诃夫仍迟迟没有确定剧名。一九〇三年秋的一天晚上，契诃夫打电话把斯坦尼斯拉夫斯基请到家里，不无兴奋地告诉他，已经给剧本找到了一个绝妙的名字：Вишневый Сад（俄文发音的重音在第一音节，类似于中文"樱桃园"重音在"樱桃"）。过了几天，契诃夫又来到排练室，郑重地告诉斯坦尼斯拉夫斯基，不是 Вишневый Сад，而是 Вишнёвый Сад（俄文发音的重音在第二音节，类似于重音在"园"）。斯坦尼领悟道：前一个是能够带来商业收入的果园；后一个则没有任何商业价值，这种果园开花的时候一片白色，隐藏在过去的贵族生活中，仅有其审美价值。斯坦尼是最早揭示《樱桃园》中商业价值与审美价值冲突主题的人。

十九世纪末，俄罗斯报纸上曾经不断刊登关于庄园拍卖的消息，随着拍卖的榔头声落下，古老的领地和田产从手中滑走了。奇怪的是，曾经与契诃夫过往甚密的作家布宁曾经指责契诃夫，认为《樱桃园》以"臆造的美"征服了读者和观众。他说，他自己正是在所谓"衰落的"贵族之家长大的，因此他非常了解那些贵族的庄园是什么样子。布宁断定：在俄罗斯的任何一个地方都没有清一色的樱桃园，而且，那些樱桃树也不可能恰恰是在主人住房的旁边，在那些树上没有任何美丽的东西。布宁其实是想说：契诃夫的《樱桃园》并不真实。这种对于"绝对真实"的苛求实在令人惊讶。在我看来，文学作品从来就是语言符号的建构，当然不能等同于"现实生活"，与其说我们从文学作品中看到了"真实的生活"，不如说我们通过文学作品获得了一种"真实感"，透过文学作品叙述的表象，进而把握了生活、历史进程的本质。布宁出身没落贵族之家，早年在文学生涯上曾受到契诃夫的提携，他有着极高的艺术鉴赏力，或许，正因为他是站在"贵族之家"的内部来看《樱桃园》的，所以才会用生活的绝对性真实来衡量艺术审美表达的真实。

契诃夫有一个手记本，记录了他对生活的观察以及艺术构思，在第一本和第三本手记中，记录了这样的片段，"乡村里最好的人都到城里去了，所以乡村在没落，而且会每况愈下"[1]，"庄园很快就要拍卖，穷得要命，可是听差依旧穿得像丑角一样"[2]。从这些只言片语中，我们可以窥测到《樱桃园》的构思在契诃夫脑海中酝酿着的情形。事实上，早在契诃夫的第一个大型剧本《无题名剧本》（也译作《没有父亲的人》）中，他就写到了一个贵族妇人的庄园被拍卖的情节。据考证，《没有父亲的人》这个剧本是写于一八七八至一八八一年之间，也就是说，写于契诃夫十八岁至二十一岁间。我们甚至可以说，《樱桃园》的构思贯穿了契诃夫的一生，是他一生的艺术总结。在早期的《没有父亲的人》中，贵族妇人的庄园被一个犹太商人用卑鄙的手段买了下来，这个事件只是全剧的一个情节支线；而在《樱桃园》中，

---

[1] 安·巴·契诃夫：《契诃夫文集》第13卷，汝龙译，北京：人民文学出版社，2020年，第501页。
[2] 出处同上，第468页。

庄园拍卖的情节则发展成贯穿全剧的线索。契诃夫改变了传统剧作中矛盾冲突设置的方式：在女地主郎涅夫斯卡雅和商人罗巴辛之间尽管存在着对立与冲突，但是这种冲突并非敌对关系，两个人之间的矛盾并没有在事件、情节的层面上展开。剧中的矛盾在于：郎涅夫斯卡雅、罗巴辛、特罗费莫夫等人对于樱桃园的态度是不同的，戏剧的矛盾是人物心理态度的对峙与冲突。其次，剧中的情节展开方式也并不是亚·奥斯特洛夫斯基剧中的那种方式：没有围绕着争夺樱桃园的阴谋，全剧不以事件的运动、转折为动力，日常生活的缓慢进程成为了戏剧的表现对象，人物心理的情绪被更为细腻地呈现出来，成为艺术审美的聚焦对象。

"樱桃园"当然是一个象征性的意象，而且是俄罗斯文学中最复杂、最具典型性的"象征意象"。我们知道，契诃夫本人极其热爱大自然，无论是在梅里霍沃的住宅，还是在雅尔塔的别墅，契诃夫都亲自种下了许多树木、花草。在契诃夫的小说中，也有大量描写庄园和园丁的作品。在小说《黑衣修士》中，契诃夫描述了一个园艺家的花园：这里有英式的林荫道，有各种树木，有河水，有各类鸟鸣的声音，花园里种着蔷薇、百合、茶花、五颜六色的郁金香，早晨花瓣上闪着露珠，让人感觉仿佛走进了一个柔和的彩色王国。像樱桃园这样的花园，它是人类与自然曾经和谐生存的见证物，换句话说，樱桃园是过去生活的文化遗产，樱桃园的被砍伐，标志着传统与现代之间的裂痕。

契诃夫通过樱桃园的消逝，为我们揭示了从传统的田园世界到现代的城市生活转型的痛苦与矛盾。在迈向现代化的进程中，人类面临着"现代性"的困境。科学技术的进步，社会组织结构的变化，这一切本来应该是为人服务的，是为了让每一个个体都能够享受自由、平等、温暖的现代生活。但是，在一幢幢摩天大楼中，在一个个现代办公室的格子间里，个体越来越被贬低为工具。工作场所的严格规范，不断被考核的业绩指标与自我发展、自我满足的原则风马牛不相及，现代人仿佛越来越陷入"铁笼"之中。

"感谢上帝，火车到了。现在几点？"

——《樱桃园》一开场，罗巴辛就问了女仆杜妮亚莎这样一个问题。在戏的结尾呢，老仆人费尔斯被大家遗忘在房间里，他疲惫地躺下来，自言自语地说：生命就要完结了，可好像还没有生活过。费尔斯死了。戏结束在生命的终点，结束在砍伐樱桃园的斧头声中，结束在天边传来的仿佛琴弦绷断的神秘声音中。

很有意思，开始和结束都是和时间有关的。

十九世纪中叶之后的俄罗斯，是一个社会矛盾极端尖锐的庞大帝国。其时，欧洲大地已经经历了法国大革命的洗礼，封建君主专制作为政治制度已然寿终正寝，近代工业革命蓬勃发展，启蒙主义思想广泛传播。这时的俄罗斯，仍然保留着沙皇专制制度，在经济发展上落后于法国、英国等欧洲国家。一八六一年，沙皇亚历山大二世进行了自上而下的改革，废除了农奴制。但是，在俄罗斯大地上，生活依然沉重。一九〇二年至一九〇三年，《樱桃园》写作的年代，正是俄国历史变革的年代：旧的生活结束了，新的生活却还没有到来，在这新旧交替之际，出现了一处空白，每一个人都在挣扎、彷徨、等待……契诃夫敏感地捕捉到这种时间的变化，他的艺术视觉聚焦在旧的生活已然结束，新的生活还未到来的空白点，为我们描绘出主人公的时间焦虑。俄国文艺学家金格曼曾经指出，契诃夫戏剧创作的主调就是时间，契诃夫将主人公放置在瞬间与永恒的对峙中，放置在过去、现在、未来三个时间环节的连接处。"契诃夫的主人公们以各种各样的理由，悲欢交织地去回忆时间。他们谈自己已度过的青春和人类的未来，谈偶然的、瞬间的幸福和单调的日常生活的流逝。"[1]《樱桃园》中时间的主题和

---

[1] 金格曼：《契诃夫剧本中的时间》，蔡时济译，《外国戏剧》，1980年第一期。

美学意境与中国古典诗词的美学意境是相通的,我们在李煜的"春花秋月何时了"、晏殊的"无可奈何花落去"等诗句中,都能够感受到诗人对于时间、对于美好事物消逝的无奈、惋惜与感慨。

喜剧性问题是契诃夫戏剧的谜团之一。

契诃夫曾经在写给莫斯科艺术剧院演员莉莉娜的信中说,《樱桃园》不是正剧,而是喜剧,甚至是闹剧。[1]后来,又在写给妻子克尼碧尔的信中抱怨,《樱桃园》在莫斯科艺术剧院的海报上被"固执地叫做正剧"。[2]在我看来,要回答契诃夫《樱桃园》等戏剧[3]是否喜剧这个问题,要考量三个方面的因素。首先,契诃夫很多关于"喜剧"的重要表述,是在与斯坦尼斯拉夫斯基的争论中说的。斯坦尼的许多导演处理往往显得直白,无法将契诃夫戏剧丰富的美学意蕴完整地传达出来,因此引起了契诃夫的不满。这种话有时候会说得有点过头,比如,关于《三姊妹》,虽然契诃夫自己也把它定义为"正剧",但还是在斯坦尼排演的时

---

[1] 安·巴·契诃夫:《契诃夫文集》第16卷,汝龙译,北京:人民文学出版社,2020年,第509页。
[2] 出处同上,第563页。
[3] 契诃夫明确标注为"喜剧"的多幕剧有《树精》《海鸥》《樱桃园》等三部。《伊凡诺夫》《三姊妹》契诃夫标注为"正剧",《万尼亚舅舅》则标注为"四幕乡村即景剧"。

候说自己这个剧本是喜剧。[1]其次，契诃夫一反传统，他并不以情节走向的结局来定义"喜剧"。比如，在《海鸥》的结尾，男主人公特里波列夫开枪自杀，女主人公妮娜则精神濒临崩溃，可契诃夫仍将这部剧定义为"喜剧"。契诃夫有独特的喜剧观，在他看来，现代人已经失去了悲剧的语境，人的生命状态尽管有其悲剧性的方面，但是在现代语境中，悲剧的土壤已不复存在，那种具有整体性、普遍性的悲剧精神在现代社会中已然失落。契诃夫本人没有发表过关于现代悲剧的直接论述，但是在他戏剧作品的表达中，在他的许多信件中，我们是可以捕捉到这样的一种认识的。例如，在一八八八年写给苏沃陵的一封信里，契诃夫详细阐释了《伊凡诺夫》这部剧的主人公。他想要向苏沃陵说明，伊凡诺夫既不是坏蛋也不是多余人，他厌倦、烦闷、有内在的犯罪感、孤独，但是生活却不管这一切，萨沙对他的爱情只能加重他的心理负担。契诃夫在谈到萨沙对伊凡诺夫的爱情时说，这个女人爱的不是伊凡诺夫，而是拯救伊凡诺夫这个看起来神圣的工作。[2]在此，我们看到，契诃夫消解了萨沙行动的

---

[1] 《斯坦尼斯拉夫斯基全集》（第一卷），《我的艺术生活》，史敏徒译，郑雪莱校，北京：中国电影出版社，第335页。
[2] 安·巴·契诃夫：《契诃夫文集》第14卷，汝龙译，北京：人民文学出版社，2020年，第442—449页。

崇高性，同时也消解了伊凡诺夫作为悲剧英雄的悲剧性。最后，契诃夫本人有着幽默的气质和练达的人生态度，他特别偏爱"通俗喜剧"，在他的戏剧中，的确有着许多喜剧性的人物和场面。契诃夫所说的"喜剧"与一般意义上的"喜剧"概念是有所不同的。彼得·布鲁克在排《樱桃园》的时候也说过，不能机械地去理解契诃夫关于"喜剧"的表述，不能从一般意义上的喜剧概念去把握这个作品。在我看来，对于这个问题不能太当真，读者也不必太较真，拼命地去追问契诃夫的戏剧是否"喜剧"，怕是钻进了牛角尖呢。

对于契诃夫作品的理解和阐释是随着时间的发展不断丰富着的，许多大导演做出了特别的贡献。上世纪七十年代中期，意大利导演斯特莱尔排演了《樱桃园》，在他的演出版本中，郎涅夫斯卡雅和加耶夫是两个没有长大的孩子，他们还生活在过去的童年世界中，对于冷漠的现实世界，他们既感到无力，又束手无策。后来在八十年代初，彼得·布鲁克又在法国巴黎郊外的一座老式剧院中排演了《樱桃园》，演出获得了巨大成功。俄罗斯著名评论家加耶夫斯基指出，在彼得·布鲁克的舞台上，郎涅夫斯卡雅仿佛是《纸牌屋》中的女王，她对自己的危险处境毫无所知。不仅如此，剧中的每个人似乎都在试图揭开自己的"命运之谜"。

彼得·布鲁克不动声色地揭示了《樱桃园》中"命运之谜"的主题,这一主题也是《海鸥》《三姊妹》中重要的潜在主题。

樱桃园

四幕喜剧

一九〇三年

人物表

郎涅夫斯卡雅,柳鲍芙·安德烈耶夫娜——地主。

安尼雅——她的女儿,十七岁。

瓦里雅——她的养女,二十四岁。

加耶夫,列昂尼德·安德烈耶维奇——郎涅夫斯卡雅的哥哥。

罗巴辛,叶尔莫拉伊·阿列克塞耶维奇——商人。

特罗费莫夫,彼得·谢尔盖耶维奇——大学生。

西米奥诺夫-皮希克,鲍里斯·鲍里索维奇——地主。

夏洛蒂·伊凡诺夫娜——家庭女教师。

叶比霍多夫,谢苗·潘捷列耶维奇——管家。

杜尼亚莎——女仆。

费尔斯——男仆,八十七岁。

雅沙——小厮。

流浪人

火车站长

邮局职员

男女客人们,仆人们。

故事发生在郎涅夫斯卡雅的樱桃园里。

第一幕

一间相沿仍称幼儿室的屋子。有一道门,通安尼雅的卧房。黎明,太阳不久就要东升。已经是五月了,樱桃树都开了花,可是天气依然寒冷,满园子还罩着一层晨霜。窗子都关着。

杜尼亚莎端着一支蜡烛,罗巴辛手里拿着一本书,同上。

罗巴辛 谢天谢地,火车可算到了。几点钟了?

杜尼亚莎 快两点了。(吹灭蜡烛)天已经亮了。

罗巴辛 你看火车误了多久哇?至少也有两个钟头。(打着呵欠,伸着懒腰)你看我这是怎么啦?我真糊涂透了。我是特意为了到火车站去接他们才来的,可是我一下子就睡着了,一坐在椅子上就睡着了。多讨厌!你可该把我喊醒了的呀。

杜尼亚莎 我以为你已经去了呢。(倾听)像是他们到家了。

罗巴辛 （倾听）不是,他们还得领行李呀什么的呢。

　　［停顿。

柳鲍芙·安德烈耶夫娜在外国住了五年。可不知道她变了样儿没有?她为人可真好啊!没有架子,待人心眼儿又那么好。我记得我才十五岁的那一年,我的父亲那阵子在这个村子里开着一个小铺子,有一天,他一拳头打到我脸上,把我的鼻子打得直流血……那天我父亲喝醉了,我们也不知是为什么到这座园子里来的,我不记得了。柳鲍芙·安德烈耶夫娜那时候还那么年轻,啊,还那么瘦弱,这我可记得跟昨天的事情一样清楚。她把我领到洗脸盆跟前,就在这儿,就是在这间幼儿室里。"别哭了,小庄稼佬,"她说,"等一结婚就什么都找补回来了!"

　　［停顿。

"小庄稼佬!"……真的,我的父亲确是一个低贱的庄稼佬,可是我现在已经穿起白背心黄皮鞋来了;你很可以说我这个长着猪嘴的也吃起精致点心来了;我一下子就阔起来了,手里有了一堆堆的钱,可是等你走近了仔细看看,实际上照旧还是庄稼佬里的一个庄稼佬。（翻着书）就跟看这本书似的,我读了又读,可是一个字也不懂;我坐在那儿读着读着就睡着了。

杜尼亚莎　连家里这一群狗都整夜没有睡觉,它们晓得主人们要回来了。

罗巴辛　咦,杜尼亚莎,你怎么啦,你这是……

杜尼亚莎　我的手发颤,我觉得头晕。

罗巴辛　你太娇气啦,杜尼亚莎。看看你穿的衣裳,再看看你梳的头发,都像一位小姐似的。你可不该这个样子啊;你应该别忘了自己的身份。

　　[叶比霍多夫拿着一束花上。他穿着一件短上衣,一双擦得锃亮的长筒靴子,走起路来咯吱咯吱的响。一进门便把花束掉在地上。

叶比霍多夫　(拾起花来)花匠送来的,他说这是摆在饭厅里的。(把花递给杜尼亚莎)

罗巴辛　顺便给我带一点克瓦斯来。

杜尼亚莎　好,先生。(下)

叶比霍多夫　今天早晨有霜,零下三度,可是樱桃树倒全开了花。

　　我们这一带的这种气候,我可真不敢恭维;(叹气)真受不了啊。这样的气候,对于我们没有一点好处哇;这就跟我这双靴子似的,叶尔莫拉伊·阿列克塞耶维奇,请准许我告诉你,这双靴子是我前天新买的,而且我冒昧向你保证,它们已经就咯吱咯吱得叫人受不住啦,你说我该擦点什么油呢?

罗巴辛　出去,你叫我讨厌死了。

叶比霍多夫　我没有一天不碰上一点倒霉的事。可是我从来不抱怨,我已经习惯了,所以我什么都用笑脸受着。

〔杜尼亚莎上,递给罗巴辛一杯克瓦斯。

我得走了。(一下子撞到一把椅子,又把椅子撞倒)你看是不是!(得意的神气)我刚才说什么来着!这有多么凑巧?如果我可以冒昧说一句的话,别的事情也都跟这个一样。你就看看这个!(下)

杜尼亚莎　叶尔莫拉伊·阿列克塞耶维奇,我告诉你一句实话吧,叶比霍多夫向我求婚了。

罗巴辛　噢!

杜尼亚莎　我简直不知道怎么办好了。他是一个多么端正的人啊,可就是他每谈起话来,常常叫人听不懂是什么意思。他的话那么好听,那么感动人,可你就是猜不明白是什么意思。我倒是很喜欢他。他也爱我爱得发狂。他是一个顶不走运的人;每天都得遇上一点不幸的事情。所以大家都给他起了个外号,叫他"二十二个不幸"[1]。

罗巴辛　(倾听)不信看吧,这准是他们到了!

杜尼亚莎　他们到啦!啊!我这是怎么啦?……浑身都打起哆嗦来啦。

---

1 "二十二"表示极多的意思。(脚注如无特别注明,均为译者注。)

罗巴辛 是他们到了,没错儿。咱们出去迎接他们吧!可不知道她还认识我吗?分手已经五年了。

杜尼亚莎 (感动)我要晕过去了!……啊!我要晕过去了!

〔传来两辆马车向房子赶来的声音。罗巴辛和杜尼亚莎急下。台上空无一人。邻室传来一片嘈杂声。费尔斯拄着一根手杖,匆匆忙忙地横穿过舞台。他刚从火车站接了柳鲍芙·安德烈耶夫娜回来,穿着一件旧式的听差制服,戴着一顶高帽子,嘴里自己跟自己咕噜着叫人听不清楚的话。后台的声音越来越大。一个人说:"咱们打这边走吧……"郎涅夫斯卡雅,安尼雅和手里牵着一条小狗的夏洛蒂上,她们都是旅行的打扮;随上的还有:瓦里雅,披着斗篷,头上扎着一条围巾;加耶夫;西米奥诺夫-皮希克;罗巴辛;杜尼亚莎提着小包和阳伞;仆人们搬着行李。大家都横穿过房间。

安尼雅 穿过这里走吧。妈妈,你还记得这是间什么屋子吗?

柳鲍芙·安德烈耶夫娜 (高兴得流出泪来)哎呀!幼儿室呀!

瓦里雅 天够多么冷啊,我的手都给冻僵了。(向柳鲍芙·安德烈耶夫娜)你的那两间屋子,那间白的和那间浅紫的，还都是从前那个样子。

柳鲍芙·安德烈耶夫娜　幼儿室啊！我的亲爱的、美丽的幼儿室啊！我顶小的时候，就睡在这儿。（哭泣）我现在觉得自己又变成小孩子了。（吻加耶夫和瓦里雅，随后又吻她哥哥一次）瓦里雅一点也没有变样儿，照旧还是一个修女的神气。还有杜尼亚莎，我也一见就认识。（吻杜尼亚莎）

加耶夫　火车误了两个钟头。这你觉得怎么样？多么乱七八糟的呀！

夏洛蒂　（向西米奥诺夫-皮希克）我的小狗还吃核桃呢。

皮希克　（惊讶地）咦，你就看看这个！

　　〔除安尼雅和杜尼亚莎外，全体下。

杜尼亚莎　你可把我们盼坏了！（给安尼雅脱了斗篷，摘了帽子）

安尼雅　我这一路上整整四夜没有睡。把我都给冻木了。

杜尼亚莎　你走的时候，正是大斋戒期。那个时候，满地是雪，天气又冷；可是看看如今呢！啊，我的亲爱的！（大笑，连连地吻安尼雅）我可盼了你有多久啊！我的爱，我的光明！……喂，我得马上就告诉你一点事情，连一分钟也忍不住了……

安尼雅　（丝毫不感兴趣地）什么，又是？……

杜尼亚莎　我们那个管家叶比霍多夫,在复活节那个星期里,向我求了婚呢。

安尼雅　你的脑子里总是这一套……(整理自己的头发)我的头发夹子都掉光了。

　　〔她很疲倦,站着直摇晃。

杜尼亚莎　我可不知道怎么办才好啦。他爱我,啊,多么爱我呀!

安尼雅　(望着自己的卧房,一往情深地)我的屋子,我的窗户,都像我从来没有离开过似的,还是那样啊!我又回到家里来了!明天早晨,我一醒,就要跑到园子里去……啊,只希望我能够睡得着就好了!一种沉重的不安心情,叫我整整一路都没有睡着啊!

杜尼亚莎　彼得·谢尔盖耶维奇打前天就来了。

安尼雅　(愉快地)彼嘉吗!

杜尼亚莎　他睡在外边洗澡棚子里呢,他就住在那儿。他说他不愿意住到里边来,免得碍别人的事。(看看自己的表)本该去把他叫醒了的,可是瓦尔瓦拉·米海伊洛夫娜不让我去叫。"可不要叫醒了他呀,"她说。

　　〔瓦里雅上。她的腰带上挂着一大串钥匙。

瓦里雅　杜尼亚莎,快煮点咖啡去,妈妈要喝咖啡。
杜尼亚莎　我马上就去。(下)

瓦里雅　好了,谢天谢地,你可回来了。你现在又回到家里来了。(抚摸着她)我的小乖乖又回来了!我的漂亮的好孩子又回来了!

安尼雅　这几年我可受的都是什么罪啊!

瓦里雅　这我都想象得出来!

安尼雅　我是在受难周里出的门。那时候天气多么冷啊!夏洛蒂一路上不住嘴地闲聊,总变她的戏法。你到底为什么非叫夏洛蒂陪我一块儿走不可呢?

瓦里雅　可是你看看,我的小东西,你总不能一个人出门不是,才十七岁呀!

安尼雅　等我们到了巴黎,天气又那么冷!满地都是雪。我法国话说得糟极了。妈妈住在一座大房子的五层楼上。我一到了妈妈家,就看见那儿有许多法国男人,跟她在一块儿,还有女的,还有一个老神父,手里拿着一本书;屋里一点儿也不舒服,满屋子都是烟味儿。我忽然觉得替妈妈难受起来,啊,难受极了!我就抱住妈妈的头,抱得紧紧的,不肯放松。后来妈妈对我很慈爱,她哭了……

瓦里雅　(眼里含着泪)打住吧!不要往下说了!

安尼雅　她已经把她在芒东[1]的那座别墅卖了。她什么都没有了,一点东西也不剩了。我也连一个戈比都

1　法国滨海阿尔卑斯省的游览名胜,在地中海海边。

没有。我们想尽了法子，才刚刚凑够了回家的盘费。可是妈妈还是不懂得难处！我们每次下火车到站上去吃饭，她尽点些最贵的菜，还赏给每个伙计一个金卢布的小费；夏洛蒂也是这样，雅沙也自己单叫一份，简直叫人受不住！得告诉你，妈妈雇了一个男用人，名字叫雅沙。我们把他带回家来了。

瓦里雅　这个小人我已经看见了。

安尼雅　跟我说说，家里的情形都怎么样？抵押借款的利息付了吗？

瓦里雅　你想得倒好！拿什么付呢？

安尼雅　哎呀！哎呀！

瓦里雅　这片地产到八月就要拍卖了。

安尼雅　哎呀！哎呀！

罗巴辛　（从门口往里探进头来，学牛叫）哞—哞！（又走了）

瓦里雅　（含着眼泪在笑）我真恨不得给他一下子！（用拳头向门示威）

安尼雅　（拥抱着瓦里雅，低声地）瓦里雅，他跟你求过婚了吗？（瓦里雅摇摇头）可是你看，他真爱你呀。你们为什么不挑明了说呢？还等什么呢？

瓦里雅　我认为这件事情不会有什么结果的。他又很忙；脑子里装的尽是别的事……他一点都没有把我放在心上。顶好还是算了吧，我看见了他就难受！

大家个个谈论我们的亲事，个个都给我道喜；可是，实际上一点也没有那么一回事，这跟一场梦一样的空呀！（改变了语调）你这个别针真好看！是一只蜜蜂吧？

安尼雅 （忧郁地）是妈妈给我买的。（向自己的卧房走去，又像小孩子似的，快活地）我在巴黎，还坐着一个氢气球飞到天上去过呢！

瓦里雅 你可回来了，我的小东西，你到底可回家了，我的漂亮的孩子！

　　〔杜尼亚莎端着咖啡壶回来，在那里斟咖啡。
（在安尼雅的门口站住）我的亲爱的，我整天在家里东跑西跑地照料家务，我左想右想，只想有一天能把你嫁给一个阔人。那我的心上就可把一块石头放下来了，也就可以出家去……然后到基辅……到莫斯科，我就可以不停地走啊走，走遍了一处又一处的圣地……我就可以走啊走，没有尽头地走。我就可以享到极乐的天福了！

安尼雅 园子里的鸟都叫起来了。现在几点钟了？

瓦里雅 一定是过了两点了。该去睡了，我的乖孩子。
（随着安尼雅走进她的卧房）极乐的天福啊！

　　〔雅沙拿着一条毯子，提着一个旅行皮包上。

雅沙 （假装着媚笑，横穿过舞台）我可以打这儿走过去吗？

杜尼亚莎　是雅沙啊，简直认不出是你了。你去过一趟外国，可变得厉害了！

雅沙　嗯哼，你可是谁呀？

杜尼亚莎　你离开这儿的时候，我才有这么高。（用手比画着）我叫杜尼亚莎，是费多尔·科左耶多夫的女儿。你不记得我了吗？

雅沙　嗯哼！你这个小黄瓜呀！（往四下张望了一眼，忽然把她抱住。她大叫了一声，把手里的小碟子掉了一个。雅沙连忙跑下）

瓦里雅　（出现在卧房门口，不满意地）又是什么事情？

杜尼亚莎　（忍住了泪）我打碎了一个碟子。

瓦里雅　不要紧，这是主吉利的。

安尼雅　（从她的卧房走出来）我们得去告诉妈妈，说彼得来了。

瓦里雅　我嘱咐了他们不要叫醒他。

安尼雅　（沉思地）已经六年，爹爹死了才一个月，我的弟弟小格里沙就在河里淹死了，可爱的小弟弟，可怜只有七岁！妈妈太受不住了，她这才躲开这里，头都不回地走开了。（打了一个寒战）但愿妈妈知道我有多么了解她就好了！

　　［停顿。

彼得·特罗费莫夫当过格里沙的家庭教师，妈妈看见了他会想起从前来的……

〔费尔斯穿着长上衣、白背心上。

费尔斯 （走到咖啡壶那里，一心一意地）太太要到这儿来喝咖啡。（戴上白手套）咖啡预备好了吗？（向杜尼亚莎，严厉地）喂！我说奶油呢？

杜尼亚莎 哎呀，真是的，哎呀！（急急忙忙下）

费尔斯 （忙着弄咖啡）你这个不成器的东西呀，走开！（跟自己咕噜着）她打巴黎回来了。当初老爷也上巴黎去过，是坐马车去的。（笑）

瓦里雅 你笑什么，费尔斯？

费尔斯 对不住，你说什么？（愉快地）太太可回来了；到底可叫我盼着了。现在我死也安心了。（高兴得流出泪来）

〔柳鲍芙·安德烈耶夫娜，加耶夫和西米奥诺夫-皮希克，同上；皮希克穿着料子很好的俄国式外套，灯笼裤；加耶夫进来的时候，前冲着上半身，伸着胳膊，作出打台球的姿势。

柳鲍芙·安德烈耶夫娜 你是怎么打的？让我想想……啊，对了，打红球"达布"进角兜儿；白球滚回打"达布列特"[1]进中兜！

加耶夫 我要用右高杆蹭红球进兜儿。从前有一个时

---

[1] 台球（弹子）的打法：自己的球射击对方的红球先撞台边，再折回进兜，叫作"达布"（double）或称两分；自己的球先撞台边，撞回再射击对方红球进兜，叫作"达布列特"（doublette）或称五分。

候，我们两个人都睡在这间屋子里，可是我如今已经五十一岁了。这不是奇怪的事吗？

罗巴辛　是啊；日子过得飞快呀！

加耶夫　说谁？

罗巴辛　我说日子过得飞快呀。

加耶夫　这屋里还有一股奇南香的味道呢。

安尼雅　我要睡去了。晚安，妈妈。（吻她的母亲）

柳鲍芙·安德烈耶夫娜　我的小女儿，亲爱的！（吻她的手）你回到家来高兴吗？我的心神简直镇静不下来。

安尼雅　晚安，舅舅。

加耶夫　（吻她的脸和手）上帝祝福你，我的乖孩子。你多么像你的母亲哪！（向他的妹妹）柳芭，你知道吗？你像她这么大的时候，就和她一模一样。

〔安尼雅伸手给罗巴辛和皮希克，走进她的卧房，关上门。

柳鲍芙·安德烈耶夫娜　她是非常、非常疲倦了。

皮希克　这一段路程一定是很长的吧。

瓦里雅　（向罗巴辛和皮希克）好啦，先生们，已经两点多了，你们该走了吧。

柳鲍芙·安德烈耶夫娜　（笑）你这个瓦里雅啊，真是一点也没有改样儿。（把她拉到身旁吻她）等我喝完咖啡，咱们大家一块儿散。

〔费尔斯给她脚下放过去一张脚凳。

谢谢你,我的好朋友。我喝咖啡喝成瘾了。无论白天夜晚,都得喝,谢谢你,可爱的老人家。(吻费尔斯)

瓦里雅 我去看看行李是不是都取回来了。(下)

柳鲍芙·安德烈耶夫娜 坐在这儿的真是我吗?(笑)我真想伸开胳膊跳起来啊。(用手蒙上脸)这别是在做梦吧!上帝知道,我爱我的祖国,我真爱得厉害呀。我一路上只要往窗子外边一看,就得哭。(忍住了泪)可是我总得喝我的咖啡呀!谢谢你,费尔斯;谢谢你,我的可爱的老人家。我回来看见你还活着,多么高兴哪。

费尔斯 是前天。

加耶夫 他差不多完全聋了。

罗巴辛 我必须搭四点半的火车到哈尔科夫去。真讨厌哪!我真愿意多陪你一会,看看你,跟你谈谈这个那个的……你还是从前那么好看哪!

皮希克 (深深地叹了一口气)甚至比从前更漂亮了……她这次回来,穿的是巴黎最时式的衣裳……漂亮得叫我倾家荡产了![1]

罗巴辛 你的哥哥列昂尼德·安德烈耶维奇,说我是个

---

[1] 原文是"毁了我的大车和它的四个轮子……",俄国俗语:大车是农民的全部财产,车毁了就一无所有了。

势利小人，说我是个剥削人的富农。随便他怎么说吧！我一点也不在乎。我只求你还像从前那样信任我，还像从前那样用你那副神奇动人的眼睛望着我，就够了。慈悲的上帝啊！我的父亲是你祖父和你父亲的农奴；可是你呢，你个人早年间待我那么好，叫我把什么仇恨都忘了，叫我拿你像个姐姐那么爱……甚至比姐姐还要爱呢。

柳鲍芙·安德烈耶夫娜 我坐不住了！我可再也坐不住了！（跳起来，极度兴奋地走来走去）这么大的愉快我是经受不起的……来吧，随你们取笑我吧！我承认我是一个傻瓜！这座亲爱的老柜橱啊！（吻一座柜橱）这张亲爱的小桌子啊！

加耶夫 柳芭，咱们的老奶妈，在你出门之后死了。

柳鲍芙·安德烈耶夫娜 （坐下，喝咖啡）是呀，愿她的灵魂在天上安息吧。他们已经写信告诉我了。

加耶夫 阿那斯塔西也死了，彼得路什卡·科索伊也离开了我们，如今在城里警察局里做事了。（从口袋里掏出一个糖果盒来，放进嘴里一块糖）

皮希克 我的女儿达申卡……问你好。

罗巴辛 我本来有几句叫你们听着又高兴又有趣的话，很想跟你们说说的。（看一眼自己的表）可是我就得走，没有时间多谈了……那就这么着吧，我就用三言两语把它说一说吧。你一定早已知道了，你的樱桃园就要被扣押,在八月二十二日拍卖了。可是,我的亲爱的太太,你不用着急,尽管安安稳稳睡你的觉好了;有办法……我向你建议这么一个计划。仔细听我说!你这片地产离城里才二十里;附近又刚刚修好了一条铁路;只要你肯把这座樱桃园和沿着河边的那一块地皮,划分成为若干建筑地段,分租给人家去盖别墅,那么,你每年至少有两万五千卢布的入款。

加耶夫　对不起,你谈的都是些废话。

柳鲍芙·安德烈耶夫娜　我不大懂你的意思,叶尔莫拉伊·阿列克塞耶维奇。

罗巴辛　每亩地,你可以每年至少向租户收二十五个卢布的租金,如果你马上就把这个办法宣布出去,我敢跟你打个随便什么赌,到不了秋天,你手里就连一段地皮都不剩,统统叫人给抢着租光了。一句话,我恭喜你;那你可就有了救星了。这是块头等的好地势,旁边又是一道挺深的河。只是,你当然得把这儿先整顿整顿,稍微清除干净些……比如说吧,所有这些旧房子,就都得拆除了。连这座房子也在内,反正它也没有什么用处了;还有,也得把这座樱桃园的树木都砍掉……

柳鲍芙·安德烈耶夫娜　把樱桃园的树木都砍掉!对不起,这你简直一点也不懂。如果说全省之内,还有一样唯一值得注意，甚至是出色的东西的话，那就得算是我们这座樱桃园了……

罗巴辛　你这座樱桃园，有什么出色的呢，也不过地势宽大就是了。而且它每隔两年才结一回樱桃，结了樱桃你又没有法子卖。也没有人买。

加耶夫　连安德烈耶夫的《百科全书》里，都提到了我们这座樱桃园呢。

罗巴辛　（看看自己的表）我们要是不下个决心，不想个什么办法，一到八月二十二日，这座樱桃园，连这一带的地产，可就全部都要拍卖出去了。赶快下个决心吧！我可以起誓，这是唯一的一条出路。

费尔斯　早年间，四五十年以前，人们有的把樱桃晒干，有的泡起来，有的腌起来，还有的做成果子酱；那么……

加耶夫　没有你的话，费尔斯。

费尔斯　那时候，我们总是往莫斯科或者往哈尔科夫整车整车的运干樱桃。那能赚很多的钱；那时候的干樱桃又软、又甜、汁又多、闻着又香，早年人们懂得炮制的秘方儿。

柳鲍芙·安德烈耶夫娜　现在这个秘方儿呢？

费尔斯　失传了，没有一个人记得了。

皮希克　（向柳鲍芙·安德烈耶夫娜）巴黎有什么新鲜事吗？你在巴黎过得怎么样啊？吃过田鸡吗？

柳鲍芙·安德烈耶夫娜 还吃过鳄鱼呢。

皮希克 咦,你就看看这个!

罗巴辛 从前,乡村里只有地主和农民,可是如今呢,一转眼工夫,又出现了一种到乡下来消夏的市民了。现在无论什么镇子,就连最小的、最偏僻的地方,也都叫别墅给围起来了。我们可以推测得出来,再过二十年,跑到乡村来住的市民,一定会多到多少倍。目前这种人,不过坐在凉台上喝喝茶罢了,可是,很可能有一天,他们就每个人都得自己耕种他自己仅有的二亩地啦,到了那个时候,不就等于你这座老樱桃园又繁荣、丰收、茂盛起来了吗?……

加耶夫 (生气)简直是胡说!

〔瓦里雅和雅沙上。

瓦里雅 妈妈,这儿有你两封电报。(从一串钥匙里,选出一把,带着声响打开旧柜橱)给你。

柳鲍芙·安德烈耶夫娜 (没有读就把电报撕碎了)这是从巴黎打来的,我跟巴黎的缘分已经断了……

加耶夫 柳芭,你知道这座柜橱有多少年代了?一个星期以前,我拉出紧底下的抽屉来,一瞧,你猜我看见了什么?里边烫着一个日期。这座柜橱是整整一百年以前做的。你明白吗?嗯?我们应该给它做个百年纪念呀。这虽然是件死物件,究竟是有了历史,有了和图书馆一样的价值的了。

皮希克 (惊讶)一百年了?你就看看这个!

加耶夫 是啊,这真是一件珍贵的东西啊!……(抚摸着柜橱)非常可爱、又非常可敬的柜橱啊!这一百多年以来,你一直都在朝着正义和幸福的崇高目标前进,啊,你呀!我向你致敬;你鼓励人类去从事有益的劳动的那种无言的号召,在整个这百年里头,从来没有减弱过,却是一直在鼓舞着(哭泣)我们家族,使我们一代又一代的有了勇气,一直在支持着我们,使我们对于未来更好的生活有了信念,使我们心里怀抱着善与社会意识的理想。

〔停顿。

罗巴辛 是的……

柳鲍芙·安德烈耶夫娜 你真是一点也没有改变,列尼亚。

加耶夫 (有一点窘)打白球下角兜,蹭红球进中兜!

罗巴辛 (看看自己的表)好啦,我得走了。

雅沙 (把药瓶子递给柳鲍芙·安德烈耶夫娜)恐怕现在你该吃药了吧?

皮希克 亲爱的太太,你可不应该吃药哇。药对你固然没有害处,可也没有好处。交给我吧,我的朋友。(他把一瓶子药丸全倒在掌中,吹一吹,然后把药丸放在自己嘴里,用一口克瓦斯送下了)得了!

柳鲍芙·安德烈耶夫娜　（吃惊）你疯了！

皮希克　我把药丸全吃了。

罗巴辛　馋鬼！

　　　　[大家大笑。

费尔斯　他先前在复活节那天，到我们这儿来，吃光了半桶腌小黄瓜。（底下的话就嘟嘟囔囔听不清楚了）

柳鲍芙·安德烈耶夫娜　他说的什么？

瓦里雅　他这样嘟嘟囔囔的已经有三年了。我们也都听惯了。

雅沙　上了年纪了。

　　　　[夏洛蒂横穿过舞台；她很瘦，穿着一件白色裙衫，腰身很紧，腰带上挂着一柄手持眼镜。

罗巴辛　请原谅我，夏洛蒂·伊凡诺夫娜，我还没有问你好呢。（想去吻她的手）

夏洛蒂　（把手躲开）谁要是让你吻了她的手，你接着就要吻她的胳膊，再接着又要吻她的肩膀了……

罗巴辛　我今天不走运。

　　　　[大家大笑。

夏洛蒂·伊凡诺夫娜，给我们变一个戏法吧。

柳鲍芙·安德烈耶夫娜　夏洛蒂，给我们变一回吧！

夏洛蒂　现在不行，我要去睡了。（下）

罗巴辛　我们三个礼拜以后再见了。（吻柳鲍芙·安德烈耶夫娜的手）那么，祝你平安吧。我可得走了。（向加耶夫）过些日子见。（吻皮希克）再会啦。（伸手给瓦里雅，然后又伸手给费尔斯和雅沙）我真是不愿意走哇。（向柳鲍芙·安德烈耶夫娜）别墅的事情，只要你一拿定了主意，就请告诉我，我马上就到哪儿给你去弄个五万卢布，请你好好考虑一下吧！

瓦里雅 （怒冲冲地）你倒是走不走哇！

罗巴辛 我这就走，我这就走……（下）

加耶夫 势利小人……不过，pardon[1]，瓦里雅就要嫁给他呢；他是瓦里雅未来的……

瓦里雅 不要说废话，舅舅！

柳鲍芙·安德烈耶夫娜 这怕什么，瓦里雅？那我才替你高兴呢！他是个规矩人。

皮希克 说真的，他确是一个很有价值的人物。我的女儿达申卡也说过……嗯，她说……说过很多的话呢。（发鼾声，但是马上又醒了）我想起来了，亲爱的太太，你可以借给我二百四十个卢布吗？我明天必须交付抵押借款的利息。

瓦里雅 （吃惊）不行！不行！我们没有钱！

柳鲍芙·安德烈耶夫娜 我真的一个钱也没有。

---

[1] 法语，对不起。

皮希克 反正别处也会找得到。(笑)我从来没有走过绝路。上一回,我想,得,这回我可真完了!谁知道,你们看,打我的地皮上铺过一条铁路去,人家给了我一笔赔偿费。所以现在准得又是这样,看吧,不是明天,准是后天,总会赶上点什么运气的,达申卡也许会中上二十万卢布的奖,她买了一张彩票。

柳鲍芙·安德烈耶夫娜 咖啡喝完了,我们都去睡吧!

费尔斯 (给加耶夫刷衣服,谆谆劝诫地)你又穿错裤子了,我可把你怎么办好哇!

瓦里雅 (轻声地)嘶,安尼雅睡着了。(轻轻打开窗子)太阳已经上来了;天气也不冷。妈妈,你看,这些树木多么好看哪!哎呀!多么清爽的空气啊!白头翁也都唱起来了!

加耶夫 (打开另一扇窗子)满园子都是白的。柳芭,你还记得吗?这一条长长的园径,一直地、一直地通下去,夹在两边树木当中,像一根长带子似的?每逢月夜,它就闪着银光,你还记得吗?你没有忘吗?

柳鲍芙·安德烈耶夫娜 (望着窗外的花园)啊,我的童年,我那纯洁而快活的童年啊!我当初就睡在这间幼儿室里,总是隔着窗子望着外边的花园。每天早晨,总是一睁眼就觉得幸福;那个时候,这座园子就跟现在一样，一点也没有改样儿。（愉快得大笑起来）满园子全是白的，全是白的！哦，我的樱桃园啊！你经过了凄迷的秋雨，经过了严寒的冬霜，现在你又年轻起来了，又充满幸福了，天使的降福并没有抛开你啊！……啊！我要是能够把沉甸甸地压在我心上的这一块大石头除掉，那可多么好哇！痛苦的往事前尘哪，只要我能忘掉它，那可多么好哇！

加耶夫　居然要把这座园子也拍卖了还债，真叫人不能相信哪！不是吗？……

柳鲍芙·安德烈耶夫娜　啊！看哪！我们去世的妈妈在园子里散步呢……穿着白衣裳！（愉快得大笑起来）是她！

加耶夫　在哪儿？

瓦里雅　上帝保佑你，妈妈，你说的这是什么话呀？

柳鲍芙·安德烈耶夫娜　其实并没有人。不过看起来很像；靠右边，就在这条长路往凉棚拐弯的地方，有一棵斜长着的小白杨树，样子像一个女人……

　　［特罗费莫夫穿着一套破旧的学生制服，戴着眼镜，上。

多么美丽的园子啊！这一<u>丛</u>一<u>丛</u>的白花，上边衬着这一片碧蓝的长空！……

特罗费莫夫　柳鲍芙·安德烈耶夫娜！

〔她转身过来看他。

我只来问你一句好，问完立刻就走。（恳挚地吻她的手）他们要我等到早晨再来见你，可是我实在忍不住了。

〔柳鲍芙·安德烈耶夫娜诧异地望着他。

瓦里雅 （忍住泪）这是彼嘉·特罗费莫夫……

特罗费莫夫 彼嘉·特罗费莫夫，从前格里沙的家庭教师。你看，我真的变得叫你都认不出来了吗？

〔柳鲍芙·安德烈耶夫娜拥抱他，轻声哭泣。

加耶夫 得了，得了，柳芭。

瓦里雅 （哭着）彼嘉，你看，我不是叫你等到明天再来吗？

柳鲍芙·安德烈耶夫娜 格里沙，我的儿！格里沙，我的孩子……

瓦里雅 这有什么办法呢？亲爱的妈妈。这是上帝的意思啊！

特罗费莫夫 （柔和地，含泪的声音）好了，好了。

柳鲍芙·安德烈耶夫娜 （轻声地哭着）我的好孩子死了，他是淹死的。为什么？我的朋友，为什么啊？（声音更轻些）安尼雅睡着了，可是我说话还这么响，还弄出这么多响声来……可是彼嘉，你是怎么了？你怎么变得这么丑了？这么老了？

特罗费莫夫 火车里有一个老太太，甚至管我叫起秃顶的绅士来了。

柳鲍芙·安德烈耶夫娜 你从前年轻极了,是一个可爱的小学生,现在怎么头发也稀了,眼镜也戴上了。这你还能算是一个学生吗?(向门走去)

特罗费莫夫 当然了,我希望做一个不朽的人,做一个永久的学生[1]呢。

柳鲍芙·安德烈耶夫娜 (吻过她的哥哥,又去吻瓦里雅)好啦,睡去吧!你也见老了,列昂尼德。

皮希克 (跟着她走过去)可不是,该去睡了。哎呀,哎呀!哎呀,我这个痛风病啊!我只好就住在他们这里了……柳鲍芙·安德烈耶夫娜,我的天使,不要忘记了,明天早晨……二百四十个卢布呀……

加耶夫 这个人哪,他老跟我们唱这个老调子。

皮希克 二百四十个卢布……去付我的抵押借款的利息。

柳鲍芙·安德烈耶夫娜 我没有钱,我的朋友。

皮希克 我会归还你的,亲爱的太太,这么一笔笑死人的数目。

柳鲍芙·安德烈耶夫娜 好吧,好吧,叫列昂尼德给你好了,列昂尼德,给他吧。

加耶夫 行啊,我会给的!就把你的口袋张得大大

---

1 永久的学生即留级生的意思。

29

的吧!

柳鲍芙·安德烈耶夫娜 有什么办法呢!给他吧……他等着这笔钱用……他会归还的。

　　[柳鲍芙·安德烈耶夫娜、皮希克、特罗费莫夫和费尔斯均下。加耶夫、瓦里雅和雅沙留在场上。

加耶夫 我的妹妹那种往水里扔钱的老毛病,还是没有改。(向雅沙)走开,伙计,你浑身都是鸡窝味儿。

雅沙 (挂着笑容)你还是跟从前一模一样,列昂尼德·安德烈耶维奇!

加耶夫 说谁?(向瓦里雅)他说的什么?

瓦里雅 (向雅沙)你的母亲从村子上赶来了。她打昨天就在下房里等着你呢。她要见你……

雅沙 下她的地狱去吧!

瓦里雅 你说这种话不害臊吗?

雅沙 可是,我为什么要见她呢!她本来很可以明天来嘛。(下)

瓦里雅 妈妈还是从前那个样子,一点也没有改变。要是由着她的性儿做,她有多少都会给了人家的。

加耶夫 可不是。

　　[停顿。

假如人们给一种病推荐许许多多的治法,那就证明,这种病一定是无可救药的了。我想了又想,我把脑子都挖空了，想出了一大堆的办法，这也就等于说是一个办法也没有哇。要是能够打什么人那里得到一笔遗产，该多么好呢！或者，能把安尼雅嫁给一个很有钱的人，或者到亚罗斯拉夫尔，找找婶母、那位非常非常阔的伯爵夫人去碰碰运气，可多么好哇！

瓦里雅　（哭着）但求上帝帮帮我们忙就好了！

加耶夫　不要嚎啦！婶母非常阔，可是她不喜欢我们。首先是因为我的妹妹嫁的是个律师，不是一位贵族。

　　　〔安尼雅出现在卧房门口。

她嫁的既不是一个贵族堆里的男人，她的行为又不能说是无可指责的。她这个人，固然可爱、和气、迷人，我固然也很喜欢她，可是我无论怎样为她袒护，也得承认她的品行确是有点不端，这从她每个最小的举动上都可以看得出来。

瓦里雅　（非常低的声音）安尼雅在门口站着呢！

加耶夫　你说谁？

　　　〔停顿。

真奇怪，有什么东西钻进了我的右眼了。我有一点看不大清楚了，上星期四我到地方法院去的时候……

　　　〔安尼雅走过来。

瓦里雅　你怎么还不睡，安尼雅？

安尼雅 我睡不着,怎么也睡不着。

加耶夫 我的小宝贝!(吻安尼雅的手和脸)我的小姑娘!(眼里含着泪)你不是我的外甥女,你是我的护身天使,你是我的一切。相信我的话吧!相信吧……

安尼雅 我相信你,舅舅。谁都爱你,谁都尊敬你……不过,我的好舅舅,亲爱的,你应该少说话,你只要少说话就好了。你刚才说妈妈的,说你自己亲妹妹的,那叫什么话呀?你为什么要说那种话呢?

加耶夫 是啊!是啊!你说得对。(拉过她的手来,蒙在自己的脸上)说真的,我这可真要不得啊!主啊!主啊!救救我吧!还有刚才不多一会儿,我对着柜橱发的那一段演说……那够多么糊涂啊!我刚一说完,马上就晓得那是太糊涂了。

瓦里雅 对了,一点也不错,我的好舅舅。你应该学着少说话,什么话也不要说,就对了。

安尼雅 你要是少说话,自己心里也就会觉着安然得多了!

加耶夫 我不说话就是了!(吻安尼雅和瓦里雅的手)我不说话就是了!不过有一件事情,我还得说两句,这是正经事。上星期四,我到地方法院去了。那儿去了很多的人,大家就东谈西谈的谈起来了,你一句我一句的谈得很热闹,从所谈的话里边,我发觉大约可以想法子用期票借一笔款子，去付银行的利息。

瓦里雅 但求老天爷帮帮我们忙就好了！

加耶夫 我这个星期二还要去，再把这件事情谈谈。（向瓦里雅）不要嚎啦！（向安尼雅）你妈妈应该去找罗巴辛谈谈，他一定不会拒绝的。等你一休息过来，也马上到亚罗斯拉夫尔去看看你的外祖母，那位伯爵夫人。我们这样同时从三方面下工夫，这个妙计就算成功了。我们一定可以把利息付上，这我是相信的。（往嘴里放了一块糖果）我指着我的名誉发誓，或者随便你们要我指什么发誓吧，反正这块地产一定不会叫它卖出去。（兴奋地）我凭着我未来不朽的幸福发誓！看！我举起我的手来了！如果我让这块产业叫人给拍卖出去，你们就管我叫废物，叫不名誉的人好了。我凭我的整个生命发誓！

安尼雅 （心情镇定下来，快活了）你真好啊！舅舅，你真聪明呀！

（拥抱他）现在我可放心了。我可放心了！我真快活啊！

　　［费尔斯上。

费尔斯 （申斥的口气）列昂尼德·安德烈耶维奇，你就不怕上帝吗？你要等到什么时候才去睡呢？

加耶夫 我这就走，这就走，费尔斯，你先去吧。我自己脱一回衣裳好了。好啦,孩子们,明儿见!……明天再详细谈吧!现在咱们先去睡吧!(吻安尼雅和瓦里雅)我是一个八十年代的人物,大家都不大赞扬这个年代,然而我可以说,我这一辈子,为了自己的信念,受的苦处可真不少啊!农民们爱我,可见并不是平白无故的。我们应该熟悉农民们,我们应该晓得从哪方面……

安尼雅　你又来了,舅舅!

瓦里雅　住住嘴吧,我的好舅舅!

费尔斯　(严厉地)列昂尼德·安德烈耶维奇!

加耶夫　我走啦,我走啦。你们都睡去吧。绕两次边打进中兜!正杆打正球!(下)

〔费尔斯蹒跚地随下。

安尼雅　现在我可放心了。我不愿意到亚罗斯拉夫尔去,因为我不喜欢外婆;不过我可放了心了,这得谢谢舅舅。(坐下)

瓦里雅　该是睡觉的时候了。我可要去睡了。你不在家的时候,家里出过一件可气的事情,你知道,那几间旧下房,只有叶菲米尤什卡、包里亚、叶夫斯季格涅伊和老卡尔波几个老用人住。哪知道,他们竟招来了各种各样的流氓,一些莫名其妙的人,和他们睡在一起。我都没有说过他们一句。可是后来他们竟散布流言,说我下了命令,顿顿饭只给他们干豌豆吃。这是说我吝啬,你明白吗?这还不是叶夫斯季格涅伊干的事!——很好啊,我心里说,既是这样,我就叫你等着瞧吧!我派人把叶夫斯季格涅伊叫了来……(打呵欠)他来了……好哇,叶夫斯季格涅伊,我说,你这个老糊涂,你怎么敢……(注视安尼雅)安尼奇卡!

〔停顿。

她睡着了,(挽着安尼雅的胳膊)咱们睡去吧……走吧……(挽着安尼雅走)我亲爱的小东西睡着了!来吧,来吧!(她们走下)。

〔远处,园子外边,有一个牧童吹着木笛。特罗费莫夫穿过舞台,看见安尼雅和瓦里雅,就站住了。

嘘!她睡着了,睡着了。我们走吧,我的乖孩子。

安尼雅 (半睡着的状态,声音很低地)我多么累呀!……听,那边的马铃声……舅舅……亲爱的!妈妈……我的舅舅……

瓦里雅 得啦,我的乖孩子!我们走吧。

〔走进安尼雅的卧房。

特罗费莫夫 (情绪激动地)我的阳光啊!我的春天啊!

——幕落

第二幕

野外。一座古老、倾斜、久已荒废的小教堂。旁边,一口井和一些厚石头块,显然是旧日的墓石;一条破旧的长板凳;一条通到加耶夫地产的道路。一边,高耸着一些白杨树的昏黑剪影;树的后边,就是樱桃园的边界。远处,一列电线杆子;天边依稀现出一座大城镇的模糊轮廓,只有在特别晴朗的天气里,城影才能看得清楚。将近夕阳西落的时候。夏洛蒂、雅沙和杜尼亚莎都坐在长板凳上。叶比霍多夫站在他们旁边,弹着吉他;四个人各自想着心思。夏洛蒂戴着一顶旧的尖顶帽,她从肩上摘下来复枪,修理皮带上的别扣。

夏洛蒂 (出神地想着心思)我没有正式的护照,我不知道自己确实的年龄,我永远觉得自己还很年轻。我还挺小的时候,我的爹妈一直是东村赶到西村的，赶到集上去表演，而且表演得很不错。我总是表演 Salto-mortale[1] 和各式各样的戏法。后来爹妈死了，一个德国老太婆，就把我收去做养女，叫我去读书，好极了！等我长大了，这才当了家庭教师。然而，我是打哪儿来的？我是谁？我心里连一点影子都没有。我的爹妈是谁？……很像是他们没有结过婚吧？……我也都不知道。（从口袋里掏出一条黄瓜来，啃一口）我是什么都不晓得啊。

　　［停顿。

我真恨不得找谁把这个心思说一说呀，可是没有一个人可以跟他谈谈的……我没有一个亲戚朋友啊。

叶比霍多夫　（弹着吉他，唱着）"这烦嚣的尘世，在我看来，算得了什么？啊，朋友也好，仇敌也好，又有什么关系？"……弹一弹曼多林，够多么舒服啊！

杜尼亚莎　这叫吉他，不叫曼多林。（照着小手镜，擦粉）

叶比霍多夫　在一个爱得发了狂的疯子看来，这却是曼多林啊。（唱）"啊，但愿你给我温暖的回报，安慰一下我这寂寞的心。"

　　［雅沙轻轻地伴唱。

夏洛蒂　听听这两个人唱的！多难听！吓！简直像

1　意大利语，空中飞人。

狗叫！

杜尼亚莎 （向雅沙）到过外国，那可多么福气呀！

雅沙 是呀，当然喽；我不能不同意你的话。（打呵欠，点起一支雪茄）

叶比霍多夫 那很显然嘛。外国的一切，老早都已经圆满了。

雅沙 一点也没问题。

叶比霍多夫 我是一个有教养的人，我读过各种各样的了不起的书，可是我还是不能明白自己究竟愿意走哪一条路，也可以这么说吧，我是想活着呢，还是想把自己打死呢？可是不管怎么样吧，我口袋里永远带着一把手枪。这不是？（掏出手枪来）

夏洛蒂 我收拾好了。得回去了。（把来复枪背在肩上）你呀，叶比霍多夫，你是个很聪明的人，可是认识你也很危险。女人们一定会爱你爱得发疯的。呸！（走着）所有这些聪明人都是这样愚蠢，我就没有一个可以谈得来的……我永远是孤独的，孤独的，没有一个亲戚朋友……我是谁？我为什么活着？我都不知道啊……（慢慢地走下）

叶比霍多夫 严格说起来，inter alia[1]，就单说命运吧，我这可是只跟你私下里说呀，命运对我可太残酷

---

[1] 拉丁语，别的事情先不讲。

啦，就像暴风雨对待一只小船似的。如果说这都是我的胡思乱想，那么，为什么，比如说，今天早晨我一醒的时候，我会看见一只大得出奇的蜘蛛，趴在我的胸口上呢？……有这么大呀！（用两只手比画着大小）再比如，我只要一去喝口克瓦斯，就准得发现里边有点什么最恶心的东西，比如蟑螂啊什么的。

〔停顿。

你读过巴克尔[1]的书吗？

〔停顿。

阿夫多季雅·费多罗夫娜，我可以麻烦你一下吗？只说两句话！

杜尼亚莎　说吧。

叶比霍多夫　我倒是愿意和你两个人私下里谈一谈啊！（叹气）

杜尼亚莎　（有一点惊慌）好吧，不过先去把我的斗篷拿来。就在柜橱的旁边。这里有点冷。

叶比霍多夫　好……我就拿去……现在我可知道怎么处置我的手枪了。（拾起吉他来，一路轻轻地弹

1　亨利·托马斯·巴克尔（1821—1862），英国历史学家，著有《文明史》。当时俄国的一般知识分子，认为读过《文明史》是有学问的标志。这里作者是要刻画：叶比霍多夫是一个愚蠢但尚有理想的人，正和聪明而无理想的罗巴辛成一个对比。

着下)

雅沙　这个"二十二个不幸"啊！他够多么蠢哪，这话可只能咱们两个人私下说。(打呵欠)

杜尼亚莎　老天爷保佑他吧，可不要叫他自杀啊！

［停顿。

我近来心里不安极了，老是提心吊胆的。打我还是个小孩子的时候起，他们就把我送进阔人家当用人了，所以我如今寒苦的日子可实在过不惯了。就看看我这两只手吧，多么白，白得像小姐的手了。我也变得这么雅致，这么娇弱，又这么大家子气派，遇见什么都害怕了……这真可怕。雅沙，你要是欺骗了我，我可就不知道我的神经会变成什么样子呢。

雅沙　(吻她)我的小黄瓜呀！还用说吗？女孩子们当然都得守本分！我最讨厌的，就是行为不检点的女孩子了。

杜尼亚莎　我爱你爱得要命，雅沙，你有这么高深的知识，你什么都能谈得上来！

［停顿。

雅沙　(打呵欠)是啊……我是这样看的：一个女孩子，只要一跟男人恋爱，就得说是不正经。

［停顿。

在露天抽雪茄，够多么舒服啊！(倾听)有人来了……主人们来了……

〔杜尼亚莎狂热地搂抱了他一下。

朝着家里那边走,装作刚刚在河里洗完澡的样子。走这条小路,要不然他们会碰上你,还以为我跟你出来幽会呢。那我可受不了。

杜尼亚莎 (轻轻地咳嗽)你的雪茄把我熏得头都疼了。(下)

〔雅沙留下,照旧坐在教堂的旁边。柳鲍芙·安德烈耶夫娜、加耶夫和罗巴辛同上。

罗巴辛 你非得最后下一次决心不可了。时间是什么人都不等的呀。这个问题其实极简单。你是不是肯把地皮分租给别人去盖别墅?只要你回答一个字:肯,还是不?只要一个字。

柳鲍芙·安德烈耶夫娜 是谁在这儿抽这种怪难闻的雪茄呀?(坐下)

加耶夫 他们修了这条铁路,如今可够多么方便哪!(坐下)看我们到城里去吃这顿中饭,一转眼的工夫,就已经打了个来回了……红球进中兜!我倒很想回家打它一盘去。

柳鲍芙·安德烈耶夫娜 不忙去,有的是时候。

罗巴辛 只要一个字!(恳求地)可是回答我呀!

加耶夫 (打呵欠)说谁?

柳鲍芙·安德烈耶夫娜 (打开自己的钱袋看看)昨天我

还有不少的钱呢,可是今天就差不多都光了。我那可怜的瓦里雅,为了省钱,每顿饭都喂我们牛奶汤吃,厨房里的老用人们,也是除了干豌豆就吃不着别的菜,可是我呢,我还是照旧乱糟蹋钱……(钱袋掉在地上,硬币撒出来)好哇,看我现在全给撒光了!……

雅沙　让我来给你拾吧!(拾钱)

柳鲍芙·安德烈耶夫娜　好吧,你拾吧,雅沙!我为什么要跑到城里去吃这顿中饭呢?你们这儿的饭馆可真叫人讨厌死了,还有那难听的音乐,那种一股胰子味儿的桌布。你为什么喝那么多的酒哇,列昂尼德?你怎么吃得那么多?为什么说那么多的话呀?你今天在饭馆里可又谈得太多了,说的又都不是地方,什么七十年代呀,什么颓废派呀的。你是对谁说呢?难道跟跑堂的谈颓废派吗?

罗巴辛　这话对。

加耶夫　(用手做了一个绝望的姿势)我是改不了的了,这还不是明摆着的事!(不能忍耐地,向雅沙)你干什么老在我面前鬼鬼祟祟的?

雅沙　(笑)我一听见你的声音,就忍不住要笑。

加耶夫　(向他妹妹)他不走,我就……

柳鲍芙·安德烈耶夫娜　滚开,雅沙,滚开。

雅沙　(把钱包递给她)我马上就走。(简直禁不住要

笑）马上就走……（下）

罗巴辛　那位富翁捷里冈诺夫想买你这份地产。据说他要亲自去拍卖。

柳鲍芙·安德烈耶夫娜　你怎么知道的？

罗巴辛　城里有人这么说。

加耶夫　住在亚罗斯拉夫尔的那位婶母，答应了给我们送一笔钱来；不过，什么时候送来？送多少？我可就不知道了……

罗巴辛　她会送多少来呢？十万卢布呢？还是二十万呢？

柳鲍芙·安德烈耶夫娜　咳，得啦……她如果送给我们一万、一万五的，就已经够感谢的了。

罗巴辛　请原谅我说一句老实话吧，亲爱的朋友们，我一辈子可还没有遇见过像你们两位这么琐碎、这么古里古怪、这么不务实际的人呢。我告诉过你们，说你们的地产不久可就要扣押拍卖了，我说的全是清清楚楚的俄国话呀，可是你们仿佛一句也不懂。

柳鲍芙·安德烈耶夫娜　那么我们该怎么办呢？告诉我们该怎么办？

罗巴辛　我每天都跟你们说。我每天说的都是那一句话，你们必须把樱桃园和其余的地皮，分段租给人家去盖别墅，而且要赶快，马上就办。拍卖的日期马上就到了！要明白这个！只要你一下决心，肯叫这里盖起别墅来，那么，你所需要的款子，要借多少就能借到多少，那你们可就有救了。

柳鲍芙·安德烈耶夫娜　请原谅我吧！什么别墅呀、租客呀的，哎……这多俗气！

加耶夫　我完全同意你的话。

罗巴辛　你这话叫我不是哭就得叫，要不然就得晕过去。我可再也受不了啦！你真要我的命！（向加耶夫）你简直是一个软弱的娘儿们！

加耶夫　你说谁？

罗巴辛　说你！（要走）

柳鲍芙·安德烈耶夫娜　（惊慌起来）别，别，别走，我的朋友。我求求你。也许我们可以想出一个好办法来呢！

罗巴辛　这还用得着想吗？

柳鲍芙·安德烈耶夫娜　你不要走，我求你，无论怎么样，你在这里，我心里总还能轻松一点。

〔停顿。

我时时都觉得好像要发生点什么变故似的，就好像这座房子要从头顶上塌下来似的。

加耶夫　（完全走了神）发球从角边上撞回来，打"达布"进中兜！……

柳鲍芙·安德烈耶夫娜　这都是我们造孽造得太多了！……

罗巴辛 你们造了什么孽呢？

加耶夫 （往嘴里放了一块糖果）都说我吃糖把家当都给吃光了……（笑）

柳鲍芙·安德烈耶夫娜 哎呀，要说我造的孽呀……我总是像个疯子似的，拿钱往水里扔。我嫁了一个男人，他什么也没有干过，只驮了一身的债，我的丈夫喝香槟酒给喝死了；他是个怕人的酒鬼。我还造了一个孽，就是我又爱了一个人，在我正要和他弄得挺亲热的时候，就受到了头一次的惩罚，好比头顶上挨了一棒子似的：就在这条河里，我的小儿子淹死了……我于是跑到国外去，干干脆脆跑开了，永远也不想再回来了，为的是永远也不再看见这条河啊……我就像一个疯子似的，闭上眼睛跑开了。可是，他呀……忍心的、无情的，又追了我去。因为他病在芒东，我就在那儿买了一座别墅，整整三年的工夫，我无论是白天，无论是夜晚，从来都没有休息过；我叫这个病人折磨得精疲力竭。后来，就在去年，我把别墅卖了还债，就到了巴黎。谁知道他又跟去了，把我耗得个精光，然后丢了我又弄上了一个别的女人。那个时候，我真要服毒……那够多么糊涂，多么丢脸啊……后来，我忽然怀念起俄国，怀念起自己的祖国，怀念起我的女儿来了……（擦着眼泪）主啊，主啊，你发发慈悲！饶了我的罪孽吧！你已经把我惩罚得够了！（从口袋里掏出一封电报来）我今天接到这封从巴黎发来的电报……他求我饶恕他，请我回去……（把电报撕碎了）我听着好像远处有音乐吧？（倾听）

加耶夫　这就是我们这儿那个著名的犹太乐队。你还记得吗？四把提琴，一只笛子，一把大提琴。

柳鲍芙·安德烈耶夫娜　这个乐队还在呀？哪天咱们得请他们来一次，开个小小的晚会。

罗巴辛　（倾听）我什么都没有听见哪。（低唱）"为了一笔钱，德国人会把俄国人变成法国人。"（笑）昨天晚上，我在戏园子里看了一出非常滑稽的戏；滑稽得要命！

柳鲍芙·安德烈耶夫娜　恐怕一点也没有什么滑稽。你们这般人不应该去看戏；你们应该留下工夫来好好看看你们自己，看看你们过的都是多么死气沉沉的生活，看看你们说了多少废话。

罗巴辛　对极了，应该老老实实地承认我们所过的生活，简直是糊涂透了。

　　[停顿。

我的父亲是一个无知的庄稼人，什么都不懂，他什么也没有教给我，只有喝醉了就用棍子打我。实际上呢，我的无知和粗野，也和他一样。我什么书也没有读过，我的字写出来难看得怕人，像虫子爬的，连自己都觉得丢脸。

柳鲍芙·安德烈耶夫娜　我的朋友，你应该结婚了。

罗巴辛　是的……这是实话。

柳鲍芙·安德烈耶夫娜　为什么不娶瓦里雅呢？她是一个很好的姑娘。

罗巴辛　当然。

柳鲍芙·安德烈耶夫娜　她出身是一个农民家庭；整天地工作，而最重要的一点，是她爱你，你也早就喜欢她了不是？

罗巴辛　是啊！谁说不呢？我也没有说不呀！她是一个好姑娘。

　　〔停顿。

加耶夫　有人给我在银行里找了一个位置，六千卢布一年。你觉得怎么样？

柳鲍芙·安德烈耶夫娜　你到银行去！还是老老实实待在家里吧！……

　　〔费尔斯拿着一件外衣上。

费尔斯　（向加耶夫）我请你穿上吧，主人，有点凉了。

加耶夫　（披上外衣）你多么叫人烦得慌呀！

费尔斯　怎么跟你说也没用……今天早晨，你又是一声也不关照我就出去了。（从头到脚地打量他）

柳鲍芙·安德烈耶夫娜　你多大年纪了，费尔斯？

费尔斯　你说什么？

罗巴辛　她说你老得厉害啦！

费尔斯　我活的年头可长啦。他们给我找到老婆的时候，连你父亲都还没有出世呢。（笑）到解放农奴的时候，我已经升到听差头目了，那种自由，我没有愿意要，所以我照旧还是侍候着老主人们。

　　　　［停顿。

　　我还记得，那个时候，大伙都快活得不得了，可是为什么快活呢？连他们自己也不知道。

罗巴辛　解放农奴以前倒好些。至少还可以时常打打农民。

费尔斯　（听错了他的话）可不是！那个时候，农民顾念主人，主人也顾念农民，现在可好，颠三倒四的，全乱了，你简直什么也闹不清楚。

加耶夫　住嘴吧，费尔斯。我明天还得到城里去。他们答应介绍我去见一位将军，他也许能出一张支票，借给我一笔款子。

罗巴辛　那没有用。你连利息都不够付的，这件事情你还是死了心吧。

柳鲍芙·安德烈耶夫娜　（向罗巴辛）他在那儿做梦呢，根本就没有那么一位将军。

　　　　［特罗费莫夫、安尼雅、瓦里雅同上。

加耶夫　啊！他们也来了。

安尼雅　妈妈在这儿了。

柳鲍芙·安德烈耶夫娜 （温柔地）来吧……过来，我的亲爱的，（拥抱安尼雅和瓦里雅）你们知道我有多么爱你们两个啊！坐在我的旁边……这儿，对了。

〔大家都坐下。

罗巴辛 这位永久的学生，永远跟姑娘们混在一块儿呀！

特罗费莫夫 这你管不着。

罗巴辛 他都快五十了，可还是一个学生呢。

特罗费莫夫 别再开你这种笨玩笑了吧！

罗巴辛 你这是发的哪家子的脾气呀，混人？

特罗费莫夫 你顶好别理我！

罗巴辛 （笑）我倒要请问请问，你对我是怎么个看法呢？

特罗费莫夫 叶尔莫拉伊·阿列克塞耶维奇，我对你的看法是这样的：你是一个阔人，不久还会变成百万富翁。一个遇见什么就吞什么的、吃肉的猛兽，在生存的剧烈斗争里，是不可少的东西；所以你这个角色，在社会里也是不可少的。

〔大家都大笑。

瓦里雅 彼嘉，倒还是给我们讲一点行星的故事吧。

柳鲍芙·安德烈耶夫娜 不，还是接着我们昨天的话谈一谈吧。

特罗费莫夫 昨天我们谈什么来着？

加耶夫　谈的是自高自大的人。

特罗费莫夫　昨天我们谈了很久,始终也没有得到什么结论,要照你的话的意思来说,这种自高自大的人,倒像是还有他奥妙的方面。从你的立场来看,也许你的话是对的,可是如果我们不成心把事情闹复杂了,只这么简简单单地分析一下的话,那么,从生理方面看,人类的构造既然是这样的脆弱,而我们大多数又既然是这样的粗野、愚昧、极端的不幸,可我们又有什么值得自高自大的呢?我们应该不要再把自己看得太高。我们只应当去工作。

加耶夫　那我们也照样得死不是。

特罗费莫夫　那谁准知道呢?而死,又应该做什么解释呢?说不定一个人有一百种官能,而他死的时候,只有我们所知道的五官随着他消灭了,其余九十五种也许照旧还活着呢。

柳鲍芙·安德烈耶夫娜　彼嘉,你可真聪明啊!

罗巴辛　(讽刺地)啊!真是聪明非凡啊!

特罗费莫夫　人类是在不断向前迈进的过程中,逐步完成自己的力量的。我们目前所达不到的一切,总有一天会临近,会成为可以理解的。只是我们必须工作,必须用尽一切力量,来帮助那些寻求真理的人们。目前,在我们俄国,只有很少数的人在工作,据我所知道的,绝大多数的知识分子,都是什么也不寻求，什么也不做，同时也没有工作的能力。所有这些自称为知识分子的人，对听差们都是用些不客气的称呼，对农民们都像畜生一样的看待，他们什么也不学，什么严肃的东西也不读，也绝对不做一点事情，每天只在那里空谈科学，对于艺术，懂得很少，甚至一点都不懂，他们却都装得很严肃，个个摆出一副尊严的面孔，开口总是重要的题目，成天夸夸其谈；可是同时呢，我们绝大多数的人民，百分之九十九都还像野蛮人似的活着，工人们都没有吃的，睡觉时没有枕头，三四十个人挤在一起，到处都是臭虫、臭气、潮湿和道德的堕落……这很明显，我们的一切漂亮议论，都只能骗骗自己，骗骗别人罢了。不信请问，我们时常谈起，而且谈得那么多的托儿所，在什么地方了？那些图书阅览室又在什么地方了？请指给我看看。这些都不过是在小说里写写的。实际上一样也不存在。所存在的，只有污秽、庸俗和残暴啊！我怕这些严肃的面孔，我不喜欢这种面孔，我也怕这些严肃的谈话。最好还是住嘴吧。

罗巴辛　喂，你知道，我每天五点钟就起来，从早晨一直干到夜晚，成天到晚，经手的全是自己的和别人的银钱，所以我把我周围种种的人们可都看透了。只要稍稍做过一点正事的人，就能够懂得，这世上诚实和规矩的人可实在太少了。我有的时候躺在床上睡不着，心里就想："啊！主啊，你赐给了我们雄伟的森林、无边的田野、不可测量的天边，那么，活在这里边的我们，也应当配得上它，得是个巨人才对呀！……"

柳鲍芙·安德烈耶夫娜 哎哟，原来你想要巨人呀！……巨人在神话里确是美丽的；要是放在实际生活里，那可就怕人了。

〔叶比霍多夫一路弹着吉他，从舞台背景处走过去。

（沉思着）叶比霍多夫走过去了。

安尼雅 （沉思地）是叶比霍多夫。

加耶夫 太阳落下去了。

特罗费莫夫 对了。

加耶夫 （低声，好像在朗诵）啊，大自然啊，不可思议的大自然啊，你永远放射着光辉，美丽而又超然，你，我们把你称作母亲，你本身包括了生和死，你既赋予生命，又主宰灭亡。

瓦里雅 （恳求地）舅舅！

安尼雅 你又来了，舅舅。

特罗费莫夫 你最好还是把红球打个"达布"进中兜吧。

加耶夫 我不说话好了！我不说话好了！

〔大家都坐在那里，一动也不动，各人想各人的心事，一片寂静。只听见费尔斯在嘟囔着。忽然间，远处，仿佛从天边传来了一种类似琴弦绷断的声音，然后忧郁而缥缈地消逝了。

柳鲍芙·安德烈耶夫娜 这是什么？

罗巴辛 不知道，也许是哪儿矿里的一个吊桶断了。不过是很远很远的地方了。

加耶夫 也许是一种什么鸟……比如鹭鸶什么的。

特罗费莫夫 也许是一只猫头鹰……

柳鲍芙·安德烈耶夫娜 （发抖）这声音可有点怕人！

　　〔停顿。

费尔斯 在那一次大灾难发生以前，也整整是这个样子；猫头鹰也叫了，铜茶炉也不住地咕噜咕噜响。

加耶夫 在什么大灾难以前哪？

费尔斯 就是解放农奴以前啊。

　　〔停顿。

柳鲍芙·安德烈耶夫娜 我说，朋友们，我们回去吧，天快黑了。（向安尼雅）你怎么眼里含着泪呀……你怎么啦，我的孩子？（拥抱安尼雅）

安尼雅 没什么，妈妈，不要紧。

特罗费莫夫 有人来了。

　　〔一个流浪人出现，戴着破旧的白色尖顶帽，穿着破外衣。他微微有一点醉意。

流浪人 借光，打这儿可以一直到火车站吗？

加耶夫 当然可以,顺着这条路走。

流浪人 非常感谢。(咳嗽)天气可真好呀。(朗诵)"弟兄们,我的受着苦难的弟兄们啊……沿着伏尔加河岸而来的,你有什么怨恨啊?……"[1](向瓦里雅)Mademoiselle[2],施舍给这个饿着肚子的俄国同胞三十个戈比吧……

〔瓦里雅惊吓得尖声叫起来。

罗巴辛 (严厉地)再不懂规矩的也得有点规矩不是!

柳鲍芙·安德烈耶夫娜 (失措地)这儿……给你……(在钱包里乱摸一阵)哎呀,我连一个银的都没有啦……算了,就拿这个金的去吧……

流浪人 非常感谢!(下)

〔笑声。

瓦里雅 (惊惑地)我得回去!我受不了!哎呀,妈妈,家里的听差们连吃的都没有了,可是你还给这个人一个金卢布。

柳鲍芙·安德烈耶夫娜 咳,可这有什么办法呢?谁叫你妈妈是个老糊涂呢?等我回家去,把我所有的钱都交给你管好了,叶尔莫拉伊·阿列克塞耶维奇,再借给我一点钱吧!

---

[1] 采自俄国诗人纳德生(1862—1887)的诗。
[2] 法语,小姐。

罗巴辛　好吧。

柳鲍芙·安德烈耶夫娜　走吧,朋友们,该是回家的时候了。你知道,瓦里雅,我们刚刚把你的亲事说妥了,我祝你幸福。

瓦里雅　(含泪的声音)你可不该拿这类事情开玩笑,妈妈!

罗巴辛　"奥赫梅里雅,进修道院去吧,去!"[1]

加耶夫　我的两只手都发颤了,像是有多少年都没有打台球了。

罗巴辛　"奥赫梅里雅,美丽的童贞女,你在祈祷的时候,不要忘记为我赎罪啊!"[2]

柳鲍芙·安德烈耶夫娜　走吧,朋友们,快要吃晚饭了。

瓦里雅　那个人真把我吓坏了!我的心还在乱跳呢。

罗巴辛　让我再提醒你们一句,八月二十二,樱桃园可就要拍卖了,想想这个,好好地想想这个!

〔除特罗费莫夫和安尼雅外,均下。

安尼雅　(笑着)幸亏那个流浪人把瓦里雅给吓走了,现在可算只剩下咱们两个了。

特罗费莫夫　瓦里雅怕我们爱上,所以成天寸步不离地

---

[1] 引自莎士比亚的悲剧《哈姆莱特》。这里罗巴辛成心支吾其词,以表示拒绝。他把奥菲利娅的名字,错读为奥赫梅里雅,说明他时常去看通俗戏,这是他从通俗剧场里学来的,不是从书本子上读到的。按这个字是由 охмелеть(醉了)变来的。

[2] 哈姆莱特向奥菲利娅说这句话的意思,是表示他已经不爱她了。

跟着我们两个人。她那个狭小的心肠，怎么能够了解我们是超乎恋爱的呢。我们生活的全部意义和目的，只是要避免一切肤浅的、空幻的、妨碍我们自由和幸福的东西。前进啊！我们要百折不挠地向着远远像颗明星那么闪耀的新生活迈进！前进啊！朋友们！不要迟疑！

安尼雅 （拍手）你的话说得多么美呀！

〔停顿。

今天这儿叫人觉得多么舒服呀！

特罗费莫夫 是的，多么好的天气呀。

安尼雅 彼嘉，你看你给了我多大的影响啊？为什么我现在不像以前那样爱这座樱桃园了呢？这座园子，我从前爱得那么厉害，总觉得世上再也没有像我们这座花园这么好的地方了。

特罗费莫夫 整个俄罗斯就是我们的一座大花园。全世界都是伟大而美丽的，到处都有极好的地方。

〔停顿。

你想想看，安尼雅，你的祖父，你的曾祖父和所有你的前辈祖先，都是封建地主，都是农奴所有者，都占有过活的灵魂。那些不幸的人类灵魂，都从园子里的每一棵樱桃树，每一片叶子和每一个树干的背后向你望着，你难道没有看见吗？你难道没有听见他们的声音吗？……啊，这够多么可怕呀。

你们这座园子，叫我一想起来就恐惧。当我在黄昏或者在夜间走过这座园子的时候，树木上凹凸不平的树皮，发着朦胧的光亮，樱桃树好像在痛苦的、压抑的梦中，看见了所有一两百年以前所发生过的事情一样。那么，好了，我们至少落后了两百年，[1] 我们还没有成就过一点事情；我们还没有下过决心要去实现前人的希望，我们只懂得高谈阔论，只会厌倦得打呵欠、抱怨，或者喝伏特加。应该走的道路是很清楚的，为了要在现在过一种新的生活，就得首先忏悔过去，首先要结束过去，而要忏悔过去，就只有经受痛苦，只有坚忍不拔地、毫不间断地去劳动。要好好明白这一点，安尼雅。

安尼雅　我们所住的房子，老早就已经不是我们的了；我要离开它，我跟你说这话是算数的。

特罗费莫夫　如果你手里执掌着家里的钥匙，就把它们一起丢到井里去，走开吧，要自由，要像风那样的

---

[1] 莫斯科外文出版社法文本的译文和苏联国家文学出版社一九五〇年俄文版《契诃夫全集》（第三卷）的原文，均作："……你难道没有听见他们的声音吗？……占有活的灵魂啊！可这就把你们全给腐蚀了，无论是过去这样生活过的人，或者是他们现在的子孙，无论是你的母亲，是你，还是你的舅舅，都被腐蚀得不再察觉到自己是在借债度日，是在靠剥削别人而生活，是在依靠那些你们只让他们走到前室的人们而生活……我们至少落后了两百年……"这是被沙皇审查机关删掉的原稿。

自由!

安尼雅 （狂喜）你的话说得多么美呀!

特罗费莫夫 相信我,安尼雅,相信我吧!我虽然还不到三十岁,我虽然还年轻,还是一个学生,然而艰苦我可已经尝过不少了呀!我饥饿得像冬天,我病弱,焦虑,贫穷得像乞丐![1]命运驱赶得我东奔西走,可是,我无论走到什么地方,无论是在哪一分钟里,无论是在白天或者是在夜晚,这心里永远充满着光辉的景象!我预感到幸福将要降临了,安尼雅,我已经看见幸福了……

安尼雅 （沉思着）月亮上来了。

[听见叶比霍多夫用吉他依然弹着那种充满悲凉的调子。月亮上升了。远处,靠近一带白杨树的地方,瓦里雅正在寻找安尼雅。她喊着:"安尼雅,你在哪儿啦?"

特罗费莫夫 是的,月亮上来了。

[停顿。

幸福来了,这不就是?它愈来愈近了,我已经听见它的脚步声了……可是,即或我们看不见它,享受不到它,那又有什么关系呢?别人总会看得见的!

---

[1] 莫斯科外文出版社法文本译作:"……每逢冬天一到,我就饥饿,病弱,焦虑,贫穷得像一个乞丐……"

〔瓦里雅的声音:"安尼雅,你在哪儿啦?"

又是这个瓦里雅!(生气)这真讨厌!

安尼雅　管她去呢。咱们到河边上去,那儿好玩。

特罗费莫夫　那咱们走吧!

〔他们下。

〔瓦里雅的声音:"安尼雅!安尼雅!"

——幕落

第三幕

一间小客厅,由一道拱门和后边的大厅分开。枝形烛台上点着蜡烛。传来第二幕里所提到的犹太乐队在前厅奏乐的声音。晚上。人们正在大厅里跳着四方舞[1]。西米奥诺夫-皮希克的声音"Prome-nade à une paire[2]!"跳舞的人们一对对地走进小客厅来。第一对是皮希克和夏洛蒂·伊凡诺夫娜;第二对是特罗费莫夫和柳鲍芙·安德烈耶夫娜;第三对是安尼雅和邮局职员;第四对是瓦里雅和火车站站长……瓦里雅无声地哭泣,一边跳着一边抹着眼泪。杜尼亚莎在最后一对里走来。大家穿过小客厅,皮希克喊:"Grand-rond,balancez!","Les cavaliers à genoux remerciez vos dames!"[3]

费尔斯穿着燕尾服,用托盘托着塞尔脱斯矿泉水穿过。

皮希克和特罗费莫夫走进小客厅。

皮希克 我是一个血气旺盛的人，已经中过两次风了，跳舞实在是我的一件苦差事，可是常言说得好："既然混在狗群里跑，叫不叫倒无所谓，可是无论如何总得摇摇尾巴呀。"我结实得像一匹马。我去世的父亲，那个爱开玩笑的人哪，——愿他的灵魂在天堂安息吧，——当年一提到我们的家世，总是说我们西米奥诺夫-皮希克的古代祖先，就是卡里古拉选进元老院的那匹马的后代[4]……（坐下）不过最不幸的是：我没有钱！狗要是饿了，它可就只想肉了。（发鼾声，马上又惊醒过来）我也正是这样。我满脑子想的只是钱……

特罗费莫夫 真是的，你的样儿真有点像马。

皮希克 得了吧，像又怎么样？马也是个不错的生灵啊……你还可以拿去卖钱呢。

---

1 法国十八世纪的一种轻快、活泼的交际舞，由两对舞伴对舞，又称四方舞；十九世纪盛行于欧洲各国。
2 法语，成对地散步。
3 法语，转大圈，摇摆，骑士们跪下，谢谢你们的贵妇。
4 卡里古拉是罗马的暴君，生于公元后十二年，执政五年（37—41），非常残酷。他希望全国人民只长一个头，好由他一下把人民杀光。他又把他的一匹马封为元老院的参政。他常说："让他们恨我吧，但是得怕我！"后被舍里阿斯所杀。

[邻室传来打台球的声音。瓦里雅出现在大厅的拱门下。

特罗费莫夫 （逗她）罗巴辛夫人！罗巴辛夫人！

瓦里雅 （生气）秃顶的绅士。

特罗费莫夫 是呀！我是一个秃顶的绅士呀，这我还觉着骄傲呢。

瓦里雅 （非常痛苦地思索着）把这班乐队请了来，可是拿什么钱给他们呀？（下）

特罗费莫夫 （向皮希克）你如果把你这一辈子到处找钱去付债款利息所花费的精力，挪来做点别的事情，我敢说，你手里的钱，早就足够把这个世界都翻转一个个儿的了。

皮希克 尼采……那位伟大的……著名的哲学家……那位具有巨大智慧的人物，在他哪个著作里说过，假造钞票是很对的。

特罗费莫夫 你还读过尼采的著作吗？

皮希克 这呀……这是达申卡告诉我的……像我现在落得这个地步，也只有造假钞票的一个道儿了。后天我非得付三百一十个卢布不可……我已经凑足了一百三十个（摸一摸口袋，大吃一惊）哎呀，钱不见啦！我把钱给丢了！（眼里含着泪）我的钱跑到哪儿去啦？（又快活起来）哟，在这儿了，漏到衣裳里子里头去了……吓了我一身冷汗……

［柳鲍芙·安德烈耶夫娜和夏洛蒂上。

柳鲍芙·安德烈耶夫娜 （哼着一段"列兹金卡"[1]）列昂尼德怎么去了这么半天还不回来？他在城里干什么了呢？（向杜尼亚莎）杜尼亚莎，给那些乐师们弄点茶去。

特罗费莫夫 拍卖一定没有执行。

柳鲍芙·安德烈耶夫娜 乐队今天来得偏偏不是时候，我们的舞会偏偏选在这么一个别扭的日子……咳，算了，也没有什么关系。（坐下，低唱着）

夏洛蒂 （递给皮希克一副扑克牌）这是一副牌，你心里想一张吧，随便哪一张。

皮希克 我已经想好一张了。

夏洛蒂 好，现在把这副牌洗一洗吧。好极了。把牌放在这儿吧。啊，我的尊贵的皮希克先生，Ein, zwei, drei！[2]……好了，现在找一找吧，那张牌就在你的口袋里……

皮希克 （从口袋掏出一张牌来）黑桃八，一点儿不错！（惊奇）咦！你就看看这个！

夏洛蒂 （把那副牌托在手心当中，向特罗费莫夫）赶快说，上边头一张是什么牌？

---

1 列兹金卡舞曲是一种四分之二拍的高加索舞曲，很轻快。因格林卡的作曲和安东·鲁宾斯坦的歌剧《恶魔》而风行一时。
2 德语，一，二，三。

特罗费莫夫 嗯,就说是黑桃皇后吧。

夏洛蒂 好!(向皮希克)那么,你说呢,头一张是什么牌?

皮希克 红心爱斯。

夏洛蒂 好!(双手一拍,那副纸牌不见了)今天的天气多好啊!

[有一个神秘的女人的声音,好像是从地板下面发出来似的,回答她:"啊!是呀,小姐,今天天气好极了。"

你是我的一个理想的美人。

[声音:"你也美,我很喜欢你,小姐。"[1]

火车站长 (喝彩)好哇,腹语家小姐!

皮希克 (惊异)咦,你就看看这个!啊!我的迷人的夏洛蒂·伊凡诺夫娜呀,我简直整个爱上你了……

夏洛蒂 爱上了?(耸肩)你有资格爱吗?Guter Mensch, aber schlechter Musikant![2]

特罗费莫夫 (拍了皮希克的肩膀一下)你这匹不中用的老马呀!

夏洛蒂 注意呀,再变一套。(从一张椅子上取过一条

---

[1] 这里,人声所说的不是正确的俄语,是夏洛蒂成心开玩笑的。演出的时候,这句话也要说得洋腔一些。
[2] 德语,好人,然而并不是一个好音乐家!**译意是:**好人唱出的高调不见得全顺耳!

毛毯来）这儿是一条很漂亮的毛毯，我要把它卖了。（摇晃它）谁想买？

皮希克 （惊奇）咦，你就看看这个！

夏洛蒂 Ein, zwei, drei！（很快把毛毯一举，变出安尼雅来，她在一片鼓掌声中向大家蹲了一蹲腿，很快地行了个礼，跑到她母亲的面前，吻了她母亲一下，就跑到后边大厅里去了）

柳鲍芙·安德烈耶夫娜 （喝彩）好哇，好哇！

夏洛蒂 还有呢！Ein, zwei, drei！（把毛毯一举，又变出瓦里雅来，她向大家鞠躬）

皮希克 （越来越惊奇）咦！你就看看这个！

夏洛蒂 完了！（把毛毯往皮希克的身上一扔，蹲蹲腿行了一个礼，就跑进大厅去了）

皮希克 （赶快追了她去）你这个小流氓啊……你们就看看这个！你们就看看这个！……（下）

柳鲍芙·安德烈耶夫娜 还不见列昂尼德的影子。他在城里待这么久，究竟是在干什么呢，我真不明白。这个时候总应该什么事都完啦；不是地产已经卖给别人啦，就是拍卖没有执行。他为什么叫我们悬这么久的心思呢？

瓦里雅 （尽力安慰她）我敢说一定是舅舅又给买回来了。

特罗费莫夫 （嘲笑地）就那么指望着好啦。

瓦里雅　外婆把代理权委托给了舅舅，叫他用外婆的名义，把这块地产买下来，然后再把抵押借款过个户头。她这都为的是安尼雅，我相信有上帝的保佑，舅舅一定会买到手的。

柳鲍芙·安德烈耶夫娜　你这位住在亚罗斯拉夫尔的外婆，只送来一万五千卢布，要用她的名义买下这块地产来——她不信任我们，不肯多拿出钱来。这个数目呀，就连付利息都不够。（两手蒙上脸）我的命运就要在今天决定啊，我的命运……

特罗费莫夫　（戏弄瓦里雅）罗巴辛夫人！

瓦里雅　（生气）永久的学生！叫大学给开除了两次了！

柳鲍芙·安德烈耶夫娜　你何必生气呢，瓦里雅？他叫你罗巴辛夫人，是跟你闹着玩的，这又有什么呢？如果你愿意，本来就很可以嫁给罗巴辛嘛，他是个好人，也很有趣；可你要是不愿意呢，就不嫁给他好了，又没有人强迫你，我的亲爱的孩子。

瓦里雅　我把这件事情看得很认真，这我得承认，好妈妈。他是一个好人，我喜欢他。

柳鲍芙·安德烈耶夫娜　那么就嫁给他好啦，还等什么呢？我真不明白！

瓦里雅　可是，妈妈，你说，这究竟不能由我赶着他去求婚不是。整整有两年了，什么人都跟我谈他，个个都谈论这件事情，可是他自己呢，不是一个字不提，就是拿这件事开玩笑。我明白得很。他正在弄钱，他的脑子里全是他的买卖，没有心思想到我。我要是稍微有一点钱的话，哪怕只有一百个卢布呢，我也早就撇开一切，远走高飞了。我也早就进了修道院了。

特罗费莫夫　啊，是啊，那可是多么大的福气啊！

瓦里雅　（向特罗费莫夫）作学生的可应当知趣点！（换了柔和的口气，眼里含着泪）彼嘉，你变得多么丑了哇，你老得多么厉害了呀！（向柳鲍芙·安德烈耶夫娜，眼里没了泪）可是你听着啊，好妈妈，没有事做我可是活不下去的呀。我每一分钟都得有点事情占着心思啊！

　　〔雅沙上。

雅沙　（尽量想不笑出来）叶比霍多夫把一根台球杆子折断了……（下）

瓦里雅　叶比霍多夫这是在胡闹些什么？谁准许他打台球的？这些人我真不明白……（下）

柳鲍芙·安德烈耶夫娜　彼嘉，不要再逗她了。你看，就这样，她心里已经够苦的了。

特罗费莫夫　我希望她别总这么小题大做的，别总这么好管闲事。整整这一夏天，她就没有叫安尼雅和我安生过；她怕我们乱搞起恋爱来。可这又关她什么事呢？况且我有什么把柄在她手里吗？我没有那么庸俗。我们是超乎恋爱的！

柳鲍芙·安德烈耶夫娜 这么说，我一定是低乎恋爱的了。（非常不安）列昂尼德为什么还不回来呢？哎，我只求知道知道地产到底卖出去了没有哇！这种痛苦，叫我太受不住了，叫我简直不知道怎么想才好啊！我的心思全乱了……我简直想大声哭出来，我简直想豁出命去胡闹一下子啊……救救我吧，跟我谈谈吧，找点什么话来跟我说说吧……

特罗费莫夫 不论地产今天卖出去，还是没有卖出去，那又有什么关系呢？这件事情老早就不成问题了，反正是拿不回来的了，已经没有路子可以回头的了。镇静一点吧，亲爱的柳鲍芙·安德烈耶夫娜。不要再自己欺骗自己了。一辈子里至少拿出一回勇气来，面对一下现实吧。

柳鲍芙·安德烈耶夫娜 现实？你能看得出来什么是现实，什么不是现实；我可什么也看不出来，就跟眼睛瞎了似的。你无论解决什么重大的问题，都是那么勇敢，可是，告诉告诉我，我的朋友，难道那不是因为你还年轻，因为你还从来没有因为解决自己这一类的问题而受过罪吗？如果说，你能有那么大的信心朝前看，那难道不是因为你没有见过，也没有想到过，未来会有多少可怕的事吗？难道不正因为你年轻，所以你还没有看见过真实生活究竟是什么样子吗？你比我勇敢，坦白，深刻；可是也要替我想一想，也要体恤我指头肚大的这么一点点，要可怜可怜我呀！你难道不知道吗？我是生在此地的，我的父母，我的祖父，当年也都住在此地；我爱这所房子；要是丢了樱桃园，我的生命就失去了意义；如果一定非卖它不可，那么，千万连我也一齐卖了吧！……（把特罗费莫夫拉过去，吻他的上额）我的小孩子也是在这里淹死的，你明白？（哭泣）可怜可怜我吧，亲爱的、慈悲的彼嘉。

特罗费莫夫 我满心都是同情你的，你知道。

柳鲍芙·安德烈耶夫娜 我知道，我知道，可是你应该换一种口气跟我说话呀。（掏出一条手帕来，掉出一封电报）我心里今天有多么苦，你连想象都想象不到啊！这样乱哄哄的，我简直受不住，我听见什么声音心里都发跳，身上都发颤。可是我也不能把自己关在屋里，我怕一个人待着的那种寂寞。不要责备我了吧！彼嘉，我爱你，就跟爱我的亲人一样。我倒是很愿意让安尼雅嫁给你，这我可以发誓。可是，我的朋友啊，你现在得读书，得毕了业呀。像你这样什么事情也不做，只由着命运把你东摆布西摆布的，这可不对呀……我这都是实话吧，你说对不对呀？还有你这胡子，长得也不够长，得想想办法……（笑）这叫我一看见就忍不住要笑。

特罗费莫夫 （把电报拾起来）我不想做一个美男子。

柳鲍芙·安德烈耶夫娜 这是从巴黎打来的电报。我每天都要收到这么一封。昨天刚收到过，今天又是一封。那个野蛮的人，又病了，情况又不好了……他请我饶恕他，求我回去。要说真的呢，我可也真该到巴黎去陪陪他呀。你别这么板着脸看我，彼嘉，你说我可有什么法子呢，我的朋友，我可又该怎么办呢？他病了，他寂寞，他不幸，有谁照料他呢？有谁可以拦住他别轻生呢？有谁按时候服侍他吃药呢？何必假装不承认呢？我爱他，这是明摆着的事实。我爱他，我爱他……这就像是我的脖子上挂着的一块石头，把我都坠到水底下去了，可我还是爱我这块石头。没有这块石头，我就活不了。（紧抓住特罗费莫夫的手）不要错怪我，彼嘉，不要开口，什么话也不要对我说了……

特罗费莫夫 （忍住了泪）千万饶恕我的直率吧！这个人，可是把你都骗光了。

柳鲍芙·安德烈耶夫娜 不，不，不，你不要这么说……（掩上耳朵）

特罗费莫夫 他是个无赖，只有你自己看不出来，他是一个小人，一个一文不值的……

柳鲍芙·安德烈耶夫娜 （生气，但又抑制下去）你已经二十六七岁了,可还是一个六年级的小学生呢!

特罗费莫夫　那又算得了什么呢!

柳鲍芙·安德烈耶夫娜　你现在也该是个大人了,像你这个年纪,也应当了解恋爱的人们的心情了。而且你自己也该去爱一个人了……也应该懂得什么叫作爱了!(气愤)是的,一点也不错,你这并不是超乎爱情,简直是背乎人情,你不过是个滑稽的傀儡,一个怪物……

特罗费莫夫　(非常吃惊地)你这叫什么话呀!

柳鲍芙·安德烈耶夫娜　"我是超乎恋爱的!"其实你并没有超乎恋爱,你也不过是费尔斯所说的一个不成器的东西罢了。到了这个年纪,连一个情妇都还没有呢!……

特罗费莫夫　(非常吃惊地)真可怕呀!你这叫什么话呀!(用两只手抱着头,急忙向大厅走去)真可怕呀!我再也受不住了,我走了……(下,但立刻又回来)咱们两个人,从此算是断啦!(由前厅下)

柳鲍芙·安德烈耶夫娜　(追着喊他)站住,彼嘉!你多糊涂呀,我这不过是开开玩笑!彼嘉!

〔传来有人跑下楼梯、忽然跌下去的声音,安尼雅和瓦里雅惊叫了一声,马上又大笑起来。

什么事?

〔安尼雅急急忙忙跑上。

安尼雅 （大笑着）彼嘉从楼梯上摔下去了。（又跑下）

柳鲍芙·安德烈耶夫娜 多么大的一个傻瓜呀,这个彼嘉!……

　　[火车站站长,笔直地站在大厅中央,朗诵阿列克塞·托尔斯泰的一首诗《女罪人》,大家都停住脚步听着。但是,他还没有读到几行,前厅里又奏起华尔兹舞曲来,把他的朗诵打断了。大家跳舞,特罗费莫夫、安尼雅、瓦里雅和柳鲍芙·安德烈耶夫娜都回到小客厅来。

得啦,彼嘉,得啦,你这个纯洁的灵魂……你原谅我吧……让我们两个跳一回吧。（她和特罗费莫夫跳舞）

　　[安尼雅和瓦里雅跳。费尔斯上,把他的手杖立在旁边的门口。雅沙也从客厅那边进来,看着人们跳舞。

雅沙 怎么啦,公公?

费尔斯 我心里有点不好受。老年间,来我们这儿跳舞的,都是些将军、伯爵和海军上将。可是现在呢,请的全是什么邮政局职员啊,火车站站长啊的,而且他们还觉得来了是赏给我们面子呢。我近来觉得身子骨越来越不行了,我那位去世的老主人,就是他们的爷爷呀,当初每逢我们一生病,就给我们火漆吃,不管是什么病。我天天吃火漆,吃了有二十年了，也许还不止；说不定多亏是火漆，我才活到现在呢。

雅沙　公公，你真把人烦死啦。（打呵欠）我希望你赶快两眼一闭就算啦。

费尔斯　哼，你这个……不成器的东西！（嘴里咕噜起来）

　　　　［特罗费莫夫和柳鲍芙·安德烈耶夫娜跳着舞，从大厅跳到小客厅里来。

柳鲍芙·安德烈耶夫娜　Merci[1]！我要坐一下啦……（坐下）我累了。

　　　　［安尼雅上。

安尼雅　（激动地）刚刚有一个过路的人，在厨房里说，樱桃园今天卖出去了。

柳鲍芙·安德烈耶夫娜　卖了？卖给谁的？

安尼雅　这他没有说就走了。（和特罗费莫夫跳舞，两个人跳到大厅里去）

雅沙　是一个老头子在那儿闲聊的，不是本地人。

费尔斯　列昂尼德·安德烈耶维奇还不回来。他只穿了一件薄大衣去的，是一件春季大衣，要不着了凉才怪呢。咳，真是啊，年轻的人啊！

柳鲍芙·安德烈耶夫娜　真把我急死了。雅沙，快去跟

1　法语，谢谢。

那个人打听清楚,是卖给谁的?

雅沙　他老早走了,那个老头子。(笑)

柳鲍芙·安德烈耶夫娜　(微微有些不悦)笑什么?你有什么可痛快的?

雅沙　我是想起那个叶比霍多夫来了,他真可笑。多么愚蠢!"二十二个不幸"。

柳鲍芙·安德烈耶夫娜　费尔斯,地产要是卖掉了,你可到什么地方去呢?

费尔斯　随你吩咐我上哪儿,我就上哪儿去。

柳鲍芙·安德烈耶夫娜　你的脸色怎么这么难看呀,你觉得不舒服吗?去躺下睡睡去。

费尔斯　是啊……(讽刺地)可不是吗,我是该睡睡去,可是叫谁伺候你呀?事情都叫谁管,都叫谁拿主意啊?整个家里就我一个人在管呐。

雅沙　(向柳鲍芙·安德烈耶夫娜)柳鲍芙·安德烈耶夫娜!请你准我求你一件事情,请你发个慈悲吧。你要是再上巴黎去,求你行行好把我带了去,这儿我可万万待不下去了。(回头望望,低声说)其实也用不着跟你说,你自己也看得出来,这儿是个没开化的地方,人们都没有道德,还先不提这儿有多么厌烦,厨房里给我们吃的伙食有多么恶心,这个费尔斯是怎么到处乱转,嘴里成天嘟囔着也不知道是什么话。把我带回去吧,发个慈悲吧!

［皮希克上。

皮希克 美丽的夫人,可以赏光和我……跳一回华尔兹舞吗?

［柳鲍芙·安德烈耶夫娜和他走出去。

我的美丽的太太,我还是得跟你借一百八十个卢布……(跳舞)是的,是的,一百八十个卢布……(跳着进了大厅)

雅沙 (低唱)"啊!你了解不了解我心灵上的忧闷哪……"

［大厅里出现了一个奇怪的人物,戴着灰色高帽子,穿着棋盘格子布裤,指手画脚地跳跃着。那里,大家喊着:"好哇,夏洛蒂·伊凡诺夫娜!"

杜尼亚莎 (走进来,停住了脚步,往脸上擦粉)安尼雅小姐叫我也来跳舞,说是因为男的太多,女的太少了。可是我一跳舞,头就转起来了,心也跳起来了。费尔斯·尼古拉耶维奇,邮政局那位先生刚才跟我说了一句话,叫我听得连气儿都喘不过来了。

［音乐停止。

费尔斯 他跟你说什么?

杜尼亚莎 他说:"你像一朵鲜花。"

雅沙 (打呵欠)哼!这些没有教养的……(下)

杜尼亚莎 像一朵鲜花!……我是多么体面的一个姑

娘啊，我就爱听这些恭维的话。

费尔斯 这将来会把你毁了的。

〔叶比霍多夫上。

叶比霍多夫 我知道你看见我就不高兴，阿夫多季雅·费多罗夫娜……见了我就像看见个虫子似的。（叹气）哎！这种生活呀！

杜尼亚莎 你要干什么？

叶比霍多夫 丝毫没有问题，也许你是对的。（叹气）可是，如果，比如说，如果从某一种观点上来看的话，请原谅我的直爽，也请准许我冒昧用这么一个说法吧，你把我折磨得心情全变了。我现在的心情，是很能认命的了；我虽然每天都要碰上一点倒霉的事情，可是我老早已经习惯了，所以我什么都能拿笑脸来承受了。你答应过我，虽然我……

杜尼亚莎 这个我们以后再谈吧，我求你；现在可让我清静一会儿好不好。我这儿正一肚子心思呢。（扇她的扇子）

叶比霍多夫 每天都有点倒霉的事情临到我的头上，可是我呢，让我自己这么表白一句吧，我只是微笑，甚至用大笑来接受命运给我的新打击。

〔瓦里雅由大厅上。

瓦里雅 （向叶比霍多夫）谢苗，你怎么还没有走啊？我的话你可真是一句也不听啊。（向杜尼亚莎）你出去，杜尼亚莎。(向叶比霍多夫)你先是乱打台球，打断了一根杆子，接着又在客厅里溜达来溜达去的，倒像是请来的一个客人似的。

叶比霍多夫　让我告诉你，你还没有资格责问我。

瓦里雅　我不是责问你，我只是跟你谈谈。你只知道东荡荡，西荡荡，一点事情也不做，我们凭什么白白请这么一位管家呢，那可只有天晓得了。

叶比霍多夫　(恼怒)我是不是不做事，是不是东荡荡西荡荡，是不是白吃饭，是不是乱打台球，这只有我的长辈，或者更懂事的人们才配裁判。

瓦里雅　你居然敢这样对我说话！(大怒)你怎么敢这样！我不懂事，是不是？那你马上给我滚！马上就滚！

叶比霍多夫　(畏缩)我请你说话文雅一点好不好。

瓦里雅　(怒不可遏)你现在就给我滚出去！马上！

　　〔他向门口退出，她追上去。

你这个"二十二个不幸"！给我走开！我不要再看见你！

　　〔叶比霍多夫下；听见他在门外的声音："我去告你去。"

怎么你又回来了吗？(抄过费尔斯放在门边的那根手杖)来吧！来吧！我叫你瞧瞧！啊！你可来呀？看你可敢？你只要来，就给你这一下子……(她乱

挥着手杖,罗巴辛恰巧在这个时候走进来)

罗巴辛 非常感谢!

瓦里雅 （还在生着气,可是嘲笑地）真对不起!

罗巴辛 没有关系。我很感谢你这种热烈的接待。

瓦里雅 不值得谢呀。（她走开几步,然后回过身来,温柔地问）我没有打着你哪儿吧?

罗巴辛 没有,没有什么关系。待会儿也不过准得起个不太小的鼓疱就是了。

　　〔大厅里的人声:"罗巴辛来了,叶尔莫拉伊·阿列克塞耶维奇来了!"

皮希克 可不就是他吗?（和罗巴辛接吻）你浑身都是白兰地味儿呀,亲爱的朋友。可我们这儿也并不寂寞。

　　〔柳鲍芙·安德烈耶夫娜上。

柳鲍芙·安德烈耶夫娜 是你呀!叶尔莫拉伊·阿列克塞耶维奇?怎么这么晚才回来?列昂尼德呢?

罗巴辛 列昂尼德·安德烈耶维奇跟我一块儿回来的,这就到……

柳鲍芙·安德烈耶夫娜 （紧张）怎么样了,拍卖了吗?快说呀!

罗巴辛 （不知所措,生怕露出自己心里的快活来）四点钟拍卖就都办完了……我们误了火车,这才不得不等到九点半。（深深地叹了一口气）哎哟唷! 弄得我头都有点发晕了……

〔加耶夫上；他右手提着一包买的东西，左手擦着眼泪。

柳鲍芙·安德烈耶夫娜　怎么样了，列尼亚？怎么样啊？（不能忍耐地，流了泪）快说呀！求求你吧！

加耶夫　（没有回答，做了一个厌倦的手势，哭着向费尔斯）来，接过去……这是些糟白鱼，和凯尔契出产的青鱼。我这一天过的是什么日子呀！……我今天一整天都没吃东西……

〔台球室门开着，从里边传出台球相撞声和雅沙的说话声："七比十八！"加耶夫脸上的表情起了变化，他不再哭了。

可把我累死了。费尔斯，拿衣裳来给我换换。

〔他穿过大厅到自己卧房去，费尔斯随下。

皮希克　拍卖的结果怎么样？告诉告诉我们。

柳鲍芙·安德烈耶夫娜　樱桃园卖了吗？

罗巴辛　卖了。

柳鲍芙·安德烈耶夫娜　谁买的？

罗巴辛　我。

〔停顿。

〔柳鲍芙·安德烈耶夫娜心里一阵难受，要不是她扶住了身旁的一张桌子和一把圈椅，早就会倒在地上了。瓦里雅从腰带上把那串钥匙解下来，往小客厅当中的地上一扔，就走了。是我买的。我请你们等一等，不要忙，我的头有点晕，我说不出话来……（笑）我们去到拍卖场上的时候，捷里冈诺夫早已经在那儿了。列昂尼德手里只有一万五千卢布，哪知道捷里冈诺夫头一下子就出到比押款还多三万的数目。我一看这种情形，就跟他顶起来了，我加到四万。他又叫四万五。我就叫五万五。他每回加五千，可是我每回加一万……那么，就这样，后来总算定局了。我的叫价比押款多到九万，就把地产买过来了！现在这座樱桃园是我的了！是我的了！（大笑）主啊！樱桃园居然是我的了！这不可能吧！我是喝醉了吧，我是疯了吧，也许我是在做梦吧！……（顿脚）不要嘲笑我！啊！要是我的父亲和我的祖父能从坟里爬出来，亲眼看看这回事情，那可多么好哇！要是他们能够看看他们这个叶尔莫拉伊，差不多是一字不识的、挨着巴掌长大的、就连冬天都光着脚到处跑的那个孩子，今天居然买了这么一块全世界都找不出第二份的产业，那可多么好啊！这块地产，是从前我父亲跟我祖父当奴隶的地方，是连厨房都不准他们进去的地方，现在居然叫我买到手了。我是在做梦吧？这也许是幻觉吧？不会是真的吧？……这都是你们在茫茫的云雾里空想的结果啊……（把钥匙拾起来，柔情地微笑着）她把钥匙扔在地上，想来表示她已经不再是此地的主人了……（把钥匙摇得叮当叮当响）活该，这又有什么关系？

〔传来乐师们调音的声音。

喂！音乐家们，奏吧！我很想听听你们的演奏呀！让大家都来看看我，来看看叶尔莫拉伊·罗巴辛用斧子砍这座樱桃园吧！都来看看这些树木一根一根地往下倒吧！我们要叫这片地方都盖满别墅，要叫我们的子子孙孙在这儿过起一个新生活来！……奏起来呀，音乐！

〔乐队奏乐，柳鲍芙·安德烈耶夫娜瘫坐在一把椅子上，伤心地哭着。

（斥责的口气）谁叫你不听我的话的呀！我的可怜的、善良的柳鲍芙·安德烈耶夫娜呀！事到如今，可已经太晚啦。（眼里含着泪）啊！要是能够把现在的一切都结束了，可多么好哇！啊！要是能够把我们这么烦乱、这么痛苦的生活赶快改变了，那可多么好啊！

皮希克 （挽着罗巴辛的胳臂，低声地）她哭了。咱们到大厅里去吧，让她一个人在这里静一静……走吧。（拉着罗巴辛的胳膊，把他拉到大厅里去）

罗巴辛 我说怎么啦？喂，音乐！力量再大着点！让一切都照着我的心愿做吧！（讽刺地）新主人来了，樱

桃园的所有者来了!(无意中撞到一张小桌子上,几乎把上面的枝形烛台撞倒)**没有关系,什么我都买得起!**(和皮希克下)

〔大厅和小客厅里,都没有人了。只剩下柳鲍芙·安德烈耶夫娜一个人,坐在那里,全身缩在圈椅的深处,伤心地抽泣着。音乐轻轻地奏着。安尼雅和特罗费莫夫急忙忙上。安尼雅走到她母亲面前,跪下。特罗费莫夫站在大厅的入口处。

安尼雅 妈妈!……我的好妈妈,你哭了?妈妈,我的亲爱的、美丽的好妈妈,我爱你!……我祝福你!樱桃园卖出去了,它已经不是我们的了,不错,这确实是真的;但是,用不着哭啊,妈妈,你的前面还有一大段没有走完的生命呢,你自己还有纯洁而可爱的灵魂呢……跟我走吧,我的亲爱的;跟我走,咱们离开这儿……咱们另外再去种一座新的花园,种得比这一座还美丽。你会看得见它的,你会感觉到它有多么美的,而一种平静、深沉的喜悦,也会降临在你的心灵上的,就像夕阳斜照着黄昏一样。到了那个时候,你会微笑的,我的好妈妈!咱们走吧,我的亲爱的,跟我走吧!走吧!……

——幕落

第四幕

景同第一幕。

窗上的窗帘和墙上的画框,都已经摘去。剩下的不多几件家具,都堆在一个墙角,仿佛等待着买主似的。屋子里给人一种空旷的感觉。舞台的深处,正门的旁边,堆着预备出门的衣箱和包裹,等等。左方,门开着,从那边传来瓦里雅和安尼雅说话的声音。罗巴辛站在舞台中央,好像在等什么人。雅沙托着一个托盘,上边放着几只斟满了香槟酒的高脚杯。叶比霍多夫正在前室里捆着一只小箱子。景后传来嗡嗡的人声。这是一些农民送别来了。听见加耶夫的声音说:"谢谢了,弟兄们,谢谢了。"

雅沙　这是农民们送行来了。叶尔莫拉伊·阿列克塞耶维奇,据我看呀:这些老百姓,人倒都是实心肠的人，可惜就是蠢了一点。

[人声渐渐沉寂下去。柳鲍芙·安德烈耶夫娜和加耶夫从前室回来。她忍住了哭泣，但是脸色苍白，嘴唇发颤，一句话也说不出来。

加耶夫　柳芭，你把钱口袋连底儿都翻给他们了。这可不行啊，这可不行啊！

柳鲍芙·安德烈耶夫娜　我没有法子呀，你叫我有什么办法呢？

[二人同下。

罗巴辛　（转身，追到门口，朝着他们的后影）我请你们过来！请来喝一下告别酒吧！我忘记打城里带点香槟酒回来了，这是在火车站上好容易才找来的一瓶。请呀！

[停顿。

怎么，我的朋友们，你们不喝吗？（离开门口）我要是早知道，也就不买了。既然是这样，那连我自个儿也不喝了。

[雅沙小心翼翼地把托盘放在一把椅子上。

既然都不喝，雅沙，你就喝了它吧。

雅沙　祝走的人一路平安！祝留在这儿的人事事如意！（喝酒）我敢担保，这不是真香槟酒。

罗巴辛　这一瓶，我花了八个卢布呢。

[停顿。

雅沙　这里冷得要命,今天没有生火,反正我们就走了。(笑)

罗巴辛　你笑什么?

雅沙　心里高兴。

罗巴辛　已经是十月了,可是天气还这么暖和,太阳出得跟夏天似的,正好是盖房子的天气。(看了一眼自己的表,转身走到门口)不要忘记,离开车只有四十六分钟了。你们可就得动身上车站去啦。快着点吧。

　　　[特罗费莫夫穿着外衣,从外边进来。

特罗费莫夫　我想可该动身了。马车已经套好了。我把胶套鞋放到什么鬼地方去啦?我找不着啦。(向门外)安尼雅,我的套鞋不见了。到处都找不着啊!

罗巴辛　我要到哈尔科夫去,我也搭你们这一班火车。我要在哈尔科夫过冬。这一阵子,我成天跟着你们在一块儿,一点事情都不做,混得我头都大了。我没有工作是过不下去的,这两只手一闲起来,我就不知道怎么办好了,摇摇晃晃的,好像不是我的似的。

特罗费莫夫　我们马上就走,那你就接着干你那有用的工作吧。

罗巴辛　喝一杯吧。

特罗费莫夫　不喝。

罗巴辛　这么说，你是要到莫斯科去的了。

特罗费莫夫　是的，我先把他们送到城里，明天就动身到莫斯科去。

罗巴辛　对了……我想教授们一定还没有开讲呢，他们专等着你呢。

特罗费莫夫　这没有你的事。

罗巴辛　你在大学待了多少年了？

特罗费莫夫　找点新鲜的玩笑好不好？这一套都老掉了牙了。（找他的套鞋）你听着，我想咱们以后再也见不着面了，所以让我临别给你进一点忠告吧；不要老这么指手画脚的，改改这种飞扬浮躁的毛病。我还要请你注意，什么盖别墅呀，什么希望将来有一天住别墅的市民都每人耕种一块土地呀，这一类的话呀，也一样叫作飞扬浮躁。不过，话虽这么说，我还是喜欢你；你的手指头细长、敏锐，很像艺术家的手，你的灵魂也是柔和、敏锐的……

罗巴辛　（把他抱住）再见了，我的亲爱的，我谢谢你的一切。如果你需要盘川钱用，就从我这儿拿点去，别不好意思。

特罗费莫夫　为什么呢？我用不着。

罗巴辛　可是你一个钱也没有哇。

特罗费莫夫　我有，谢谢你吧。我翻译了一篇东西，得了一笔钱。这不是，就在我这口袋里呢。（焦急不安的声音）我的套鞋怎么到处都找不到啊。

瓦里雅 （在敞开着的门外）在这儿了。把你这个脏东西拿去吧！（往舞台上抛出一双套鞋来）

特罗费莫夫 你为什么这么生气呀，瓦里雅？唉！……可这不是我的呀！

罗巴辛 我在春天种了两千亩罂粟，结果现在净赚了四万卢布。那些罂粟开起花来的时候，嘿，真是一幅多么美丽的图画呀！我就这么赚了四万，所以，如果我想借给你一点钱，那是因为我能匀得出来。你又何必拿架子呢？我是一个庄稼人……所以才老老实实跟你提的。

特罗费莫夫 你的父亲是一个农民，我的父亲是一个药剂师，这中间找不出一点什么关系来。

　　[罗巴辛掏出钱包来。

收起来，收起来……你即或给我二十万，我也不收。我是一个自由人。你们这一类人的呀，无论是穷的、富的，在你们眼里看成那么重要的、那么珍贵的东西，在我也不过像随风飘荡的柳絮那么无足轻重。我用不着你们，我瞧不起你们，我觉得自己坚强而骄傲。人类是朝着最高的真理前进的，是朝着人间还没有达到的一个最大的幸福前进的。而我呢，我就站在最前列。

罗巴辛 你能够达到那个目的吗？

特罗费莫夫　我会达到的。

　　［停顿。

我自己会达到的。即或不然，我也会给别人领出一条可以遵循的道路。

　　［传来远处斧子砍伐树木的声音。

罗巴辛　好了，再见吧，老朋友。是该动身的时候了。我们白站在这儿彼此吹嘘，实际生活可是一句也不理会我们的，它照旧像水一样地往前流啊！我只有在工作得很久而还不停歇的时候，才觉得自己的精神轻快，也才觉得自己找到了活着的理由。可是，我的老朋友，你看看，谁也不知道他为什么活着的人，咱们俄国可有多少哇……不过，说到究竟，这也没有关系，反正事业的进行，也不靠着他们。据说列昂尼德谋到了一个位置，要进银行做事去了，一年有六千卢布……不过我想他干不长的，他太懒惰了。

安尼雅　（出现在门口）妈妈请你在她没走以前，先不要叫人砍园子里的树木。

特罗费莫夫　说真的，你这也未免有点不近人情啊……

　　［他由前室下。

罗巴辛　我就去叫他们打住，我就去……这些人够多么蠢啊！（随特罗费莫夫下）

安尼雅　把费尔斯送进医院了吗？

雅沙　我是今天早晨把上边的吩咐交代下去的。一定送走了。

安尼雅　（向横穿着大厅的叶比霍多夫）谢苗·潘捷列耶维奇，请你去看一看，他们到底把费尔斯送进了医院没有。

雅沙　（生气）我今天早晨已经告诉叶戈尔了。再这么十遍二十遍地问，又有什么用呢？

叶比霍多夫　要照我的意思看，这位上了百岁的费尔斯，简直不值得再修理了，也该是他赶快去见见祖先的时候了。我可只有羡慕他的呀。（把一只手提衣箱放在一个帽盒上，把帽盒压扁了）你们看，是不是！我早就料到准有这么一手！（下）

雅沙　（揶揄地）这个"二十二个不幸"啊！

瓦里雅　（在门外）把费尔斯送进医院了吗？

安尼雅　送去了。

瓦里雅　那他们为什么没有把写给大夫的信带去呢？

安尼雅　这得马上送去。（下）

瓦里雅　（在邻室）雅沙在哪儿啦？告诉他，他的母亲向他告别来了。

雅沙　（做了一个不耐烦的手势）就是再有耐性的人，也都受不了啊！

　　　　［杜尼亚莎一直在忙着整理行李；现在台上只剩下雅沙一个人了，她就走到他的跟前。

杜尼亚莎　你总可以只看我一眼吧,雅沙?你就要走了……你就要离开我了。(哭着扑上去,搂住雅沙的脖子)

雅沙　这值得哭吗?(喝香槟酒)六天以后,我就又回巴黎去了。明天我们坐上快车,呼地一走,咱们就算是永别了!这简直叫人都不会相信啊。Vive la France![1]……此地对我太不合适。我在这儿活不下去。实在是没有办法再待了。周围这种野蛮情形,我可实在看够了;再也看不下去了。(又喝香槟酒)干吗哭呢?留神着点自己的体面,那你就不会哭了。

杜尼亚莎　(照着她的小手镜,往脸上搽粉)到了巴黎给我写封信来。我爱了你一场,雅沙,多么爱你啊。我是一个多么脆弱的人啊,雅沙!

雅沙　有人来了。(低唱着,忙去整理那些手提箱)

〔柳鲍芙·安德烈耶夫娜、加耶夫、安尼雅和夏洛蒂·伊凡诺夫娜同上。

加耶夫　该是走的时候了。没有几分钟了。(盯着雅沙)是谁浑身这么一股咸青鱼味?

柳鲍芙·安德烈耶夫娜　再待十分钟,我们可就得上马车了。(把房子四下看了一眼)再见了,亲爱的老

---

[1] 法语,法兰西万岁。

房子,再见了,老人家!等这个冬天过去,新春一到,你可就不会存在了,人家就已经把你拆掉了。唉,这几面墙啊,你们当初可看见过多少的沧桑啊!(狂热地吻她的女儿)我的宝贝,你的脸上怎么这样发着光彩?你的眼睛闪亮得像是一对金刚石似的,你是满意了吧,很满意,是吗?

安尼雅 非常满意。我们开始一个新生活了,妈妈!

加耶夫 (愉快地)真的,现在一切倒都觉着好得多了。樱桃园没有卖出去以前,我们心里都很烦恼,很痛苦,可等到后来,等到问题干脆一决定,再也无可挽救了,大家却都镇定下来了,又都觉得高兴起来了……你看,我现在是一个银行职员了,也可以说是一个金融家了……红球进中兜!而你呢,柳芭,无论你怎么说,也比以前的神色好看得多了,这是毫无疑问的。

柳鲍芙·安德烈耶夫娜 是啊!我的心思平静多了,这倒很是实话。

〔加耶夫帮着她穿好了外套,戴上帽子。

现在我夜里睡觉也踏实了。雅沙,把我的东西都搬出去,到时候了。(向安尼雅)我的孩子,我们不久就会见面的。我到巴黎去,就用你亚罗斯拉夫尔的外婆送给我们买回地产的那笔钱,在那儿过日子……求上帝保佑你的外婆吧!我只怕这点钱经不了多久啊。

安尼雅 妈妈,你可早一点、早一点回来呀,记住了吗?我要好好预备功课,等我毕了业,做了事,我就可以帮助你了。我们将来在一块儿读各种各样的书,你愿意吗,妈妈?(吻她母亲的手)我们将来要在漫长的秋夜里,读上一堆一堆的书,那个时候,会有一个又新又美的世界,在我们面前展开的……(冥想)你可要回来呀,妈妈!……

柳鲍芙·安德烈耶夫娜 我要回来的,我的心肝。(拥抱她的女儿)

[罗巴辛上,夏洛蒂轻声地唱着。

加耶夫 好快活的夏洛蒂呀,她居然唱起来了。

夏洛蒂 (抱起一个包袱,像是一个襁褓中的婴儿似的)睡吧,我的小宝贝,睡呀,我的小宝贝……

[听见婴儿的哭声:呜啊,呜啊!……

别哭啦,我的乖宝贝,睡吧,我的亲爱的宝贝。

[呜啊……呜啊……

你可哭得把你妈妈烦死了!(把包袱抛在地上)我求你们再给我一个职业吧!我没有工作是过不下去的。

罗巴辛 夏洛蒂·伊凡诺夫娜,我们一定会给你找点工作的,你放心吧。

加耶夫 个个都离开我们了。瓦里雅也要走了!我们现在成了多余的人了。

夏洛蒂 我在城里没有地方住,所以我不得不走啦……（低哼着歌子）反正怎么也是一样啊!……

　　［皮希克上。

罗巴辛 大自然的杰作来了!

皮希克 （喘息着）哎呀!让我先喘过点气儿来吧!……我可完啦!……我的高贵的朋友们!……给我一杯水喝吧!

加耶夫 我敢打赌,他又是来借钱的。谢谢吧,我可情愿失陪了。（下）

皮希克 我有多少日子没有到你们家来了,我的非常美丽的太太……（向罗巴辛）你在这儿啦?……遇着你,我真高兴呀!……你是一个绝顶聪明的人啊……拿去吧……（把钱递给罗巴辛）四百卢布,我还欠你八百四十……

罗巴辛 （诧异,耸肩）这简直像是做梦啊!……你从哪儿弄来的钱?

皮希克 等一会儿……我热……这是一桩顶特别的意外呀!有几个英国人,跑到我的地里来,发现我那里有一种白胶泥。（向柳鲍芙·安德烈耶夫娜）这儿我还带了四百来,还给你的,我的美丽的、非常非常美丽的夫人。（把钱交给她）其余的等下次吧。（喝了一杯水）就在刚才,火车上还有一个青年跟我说呢，他说，有那么一位……一位伟大的哲学家，劝我们都从房顶往下跳，"跳吧，"他说，"一跳就什么都了结了。"（惊诧的神色）你就看看这个！……再来点水吧！

罗巴辛　这些英国人是干什么的？

皮希克　我把出白胶泥的那块地皮，租给了他们二十四年……可是，对不起，我现在没有工夫了。我得赶快走，我还得到斯诺伊科夫家，到卡尔丹莫诺夫家……我到处欠的都是钱啊……（喝水）再见啦，我星期四再来吧……

柳鲍芙·安德烈耶夫娜　我们正往城里搬家，明天我就要到外国去了。

皮希克　怎么！（吃惊）为什么要搬进城里去呀！我说的呢，这些家具……这些手提箱……可是呢，这也算不了什么。（忍着泪）这也算不了什么……那些个英国人啊……真是绝顶聪明的人哪……也算不了什么，快活着点吧……上帝保佑你们吧……这也算不了什么。世上没有没个了局的事情，什么都得有个完结。（吻柳鲍芙·安德烈耶夫娜的手）等到有一天，你听说我也完结了的时候，就请你想念我这个……这匹老马一下吧，说上一句："从前有过那么一个叫西米奥诺夫-皮希克的……愿他的灵魂在天堂安息吧。"……今天天气可真好哇……可真是

的……（极感动地走出去，但是马上又折回来，站在门口）我的女儿达申卡，叫我带话问你好。（下）

柳鲍芙·安德烈耶夫娜 现在可该走了。临走的时候，我有两件心事放不下：第一样是生着病的费尔斯。（看看自己的表）我们只有五分钟了……

安尼雅 费尔斯已经送进医院去了，妈妈。是雅沙今天早晨送去的。

柳鲍芙·安德烈耶夫娜 第二样叫我焦心的，是瓦里雅。她一向是一大早就起来，成天不停地工作惯了的，现在一闲下来，她可就成了失了水的鱼了。她瘦下来了，脸色也苍白了，又总是哭哭啼啼的，这个可怜的孩子啊……

　　［停顿。

叶尔莫拉伊·阿列克塞耶维奇，我老是希望着……希望能看见她嫁给你，这你是知道得很清楚的，而据情形看呢，你也确实想要结婚。（向安尼雅耳语了几句；安尼雅向夏洛蒂点头示意，她们两个人都走出去）她爱你，你也喜欢她；我就不明白，为什么你们两个人总是你躲着我、我躲着你的呢。我真不明白。

罗巴辛 跟你说老实话，连我自己也不明白为什么。这也是真奇怪……可惜现在来不及了，不然的话，我倒愿意马上就办……一下子办了，也就算啦。不过要不是你这么说,我总觉得永远也不能向她求婚似的。

柳鲍芙·安德烈耶夫娜　这好极啦。这也不过是一分钟的事啊。我马上就去把她叫来……

罗巴辛　这里刚好有香槟酒。(看看那几只杯子)空了,也不知道是谁都给喝光了。(雅沙咳嗽)这真像俗语所说的,一口就吞得精光啊……

柳鲍芙·安德烈耶夫娜　(精神抖擞地)好极了!我们大家全躲开……Allez[1],雅沙。我去叫她去……(站在门口)瓦里雅,把事情放下,到这儿来。来呀!(下。雅沙随下)

罗巴辛　(看了一眼自己的表)嗯……

　　[停顿。

　　[门外传来一个强压下去的笑声和咕噜噜的耳语声;最后,瓦里雅上。

瓦里雅　(检点着行李)奇怪呀,我怎么找也找不着啦……

罗巴辛　你找什么?

瓦里雅　是我自己打的行李,可是我就想不起来放在哪儿了。

　　[停顿。

1　法语,走开。

罗巴辛　瓦尔瓦拉·米哈伊洛夫娜,你呢,你可上哪儿去呢?

瓦里雅　我吗?我要到拉古林家去……他们请妥了我,替他们料理家务,当个管家一类的。

罗巴辛　是在雅什涅沃吧?离这里大概有七十里的样子。

　　〔停顿。

　　这么说,这所房子里的生活,就算是结束了……

瓦里雅　(查看着行李)到底弄到哪儿去了呢?也许是我把它放在大箱子里去了?……是的,这里的生活,现在就算是结束了……不会再有了……

罗巴辛　我马上就要到哈尔科夫去……跟他们搭一班车。我有很多的事情得料理,我把叶比霍多夫留在这儿,照管着这片产业……我把他雇用下来了。

瓦里雅　噢!

罗巴辛　去年这个时候,已经下雪了,这你也许还记得。可是现在呢,你看,天气又晴朗,到处又都是太阳。只是稍许冷了一点……已经降到零下三度了。

瓦里雅　我没有寒暑表。

　　〔停顿。

　　而且寒暑表也破了……

　　〔停顿。

　　〔门外院子里的人声:"叶尔莫拉伊·阿列克塞

99

耶维奇！"

罗巴辛 （好像老早就只盼望有人这么一叫似的）我就来！（急急忙忙下）

　　［瓦里雅坐在地板上，把头伏在衣服包裹上，轻声地啜泣。门开了，柳鲍芙·安德烈耶夫娜小心翼翼地走进来。

柳鲍芙·安德烈耶夫娜　怎么？

　　［停顿。

　　那，就走吧！

瓦里雅　（不再哭，擦了擦眼泪）是的，到时候了，妈妈。只要误不了火车，我今天总会赶到拉古林家去的。

柳鲍芙·安德烈耶夫娜　（走向门口）安尼雅！快穿好衣裳吧。

　　［安尼雅上，加耶夫和夏洛蒂·伊凡诺夫娜随上。加耶夫穿着一件带风帽的厚外衣。仆人们和车夫们都进来。叶比霍多夫忙着照料行李。现在我们可以走了。

安尼雅　（愉快地）走了！

加耶夫　朋友们，我的亲爱的、尊贵的朋友们，现在我就要跟这所房子永别了，还能再叫我闭口沉默吗？还能再叫我把此刻胀满了我的心灵的情绪，忍住不向你们说一说吗？……

安尼雅　（恳求地）舅舅！

瓦里雅　亲爱的舅舅，算了吧！

加耶夫　（凄凉的声音）打"达布"进中兜……我不说话就是了。

　　［特罗费莫夫上，罗巴辛随后上。

特罗费莫夫　喂，朋友们，得动身了。

罗巴辛　叶比霍多夫，我的大衣。

柳鲍芙·安德烈耶夫娜　我得在这儿再坐一分钟。这座房子里的墙和天花板，我觉得都好像从来没有注意过似的，现在我却这么依依不舍地、如饥似渴地要多看看它们啊……

加耶夫　我记得，有一回，我才六岁，正赶上复活节的星期日，我坐在这个窗台上，望着父亲出门，到礼拜堂去……

柳鲍芙·安德烈耶夫娜　东西都搬出去了吗？

罗巴辛　我想是的。（穿着大衣，向叶比霍多夫）要多加小心，叶比霍多夫，什么事情都得有个条理。

叶比霍多夫　（沙哑的声音）都交给我好啦，叶尔莫拉伊·阿列克塞耶维奇，放心吧。

罗巴辛　你的嗓子怎么啦？

叶比霍多夫　我刚喝了点儿水，这一定是吞下什么东西去了。

雅沙　（鄙视地）多下流！……

柳鲍芙·安德烈耶夫娜　我们走啦，这座房子里可连一个人影都不留了。

罗巴辛　是呀，非得到明年春天……

　　〔瓦里雅从衣服包裹里突然抽出一把伞，举起来好像要打人似的；罗巴辛做出一个自卫的手势。

瓦里雅　看你这是做什么？我连想都没有那么想过。

特罗费莫夫　朋友们，上马车吧……该是动身的时候了，火车马上就要到站了。

瓦里雅　彼嘉，你的套鞋在这儿，就在那个手提箱旁边。（忍着眼泪）多么旧、多么脏啊！……

特罗费莫夫　（穿上套鞋）咱们走吧，动身啦！……

加耶夫　（心里感触很深，但是又怕哭出来）火车……火车站……打红球"达布"进中兜；白球绕回来"达布列特"进角兜……

柳鲍芙·安德烈耶夫娜　走吧！

罗巴辛　人都齐了吗？那边没有留下人吧？（锁上左边的房门）这间屋子里堆了许多东西，得把它锁起来。走吧！……

安尼雅　永别了，我的房子！永别了，我的旧生活！

特罗费莫夫　你好，新生活！[1]（和安尼雅下）

1　原译为"万岁，新生活"，似不确。——编者

［瓦里雅把房子四下看了一眼，慢慢地下去。雅沙和牵着一只小狗的夏洛蒂退下。

罗巴辛　那么，明年春天再见吧。出去吧，诸位……再见啦！……（下）

［只有柳鲍芙·安德烈耶夫娜和加耶夫还没有走。他们好像老早就等着这个机会似的，同时扑到对方的怀里，抱着对方的脖子，抑制着哭声，轻轻地啜泣，生怕被人听见。

加耶夫　（在绝望中）我的妹妹啊！我的妹妹呀！

柳鲍芙·安德烈耶夫娜　啊，我的亲爱的、甜蜜的、美丽的樱桃园啊！……我的生活，我的青春，我的幸福啊！永别了，永别了！……

安尼雅　（在外边兴高采烈地呼唤着）妈妈！……

［特罗费莫夫的声音：（愉快地，活泼地）"呜—喂！"

柳鲍芙·安德烈耶夫娜　再把这几面墙、这几扇窗子最后看一眼吧……我那去世的母亲，从前总是喜欢在这间屋子里走来走去的……

加耶夫　我的妹妹，我的妹妹呀！

［安尼雅的声音："妈妈！……"

［特罗费莫夫的声音："呜—喂！……"

柳鲍芙·安德烈耶夫娜　我们来了……

［他们都下去了，舞台上空无一人。只听见外

边一道道的门在陆续下锁的声音，接着，马车赶着走远的声音。一片寂静。在这种寂静中，响起斧子砍到树上的沉闷的声音，凄凉、悲怆。

[传来脚步声。费尔斯出现在右边门口。他依然穿着那件燕尾服，白背心，可是脚下拖着拖鞋。他病了。

费尔斯 （走到左边门口，转一转门扭）锁了，他们都走了……（坐在长沙发上）他们都把我忘了……这没有关系……我就坐在这儿等好了。列昂尼德·安德烈耶维奇，一定又忘了穿皮大衣，准是穿他那件薄外套走的……（叹了一口气，挂念地）这都是我没有照顾到啊！……年轻的嫩小子啊！（又咕噜了一些叫人听不清楚的话）生命过去得真快啊，就好像我从来还没有活过一天儿似的……（躺下）我要躺下……你怎么身上一点力量都没有啦！什么都完了，都完了……哎，你呀，你……这个不成器的东西啊！……（一动也不动地躺在那里）

[远处，仿佛从天边传来了一种琴弦绷断似的声音，忧郁而缥缈地消逝了。又是一片寂静。打破这个静寂的，只有园子的远处，斧子在砍伐树木的声音。

——幕落

* 译后记 *

一首社会的象征诗

焦菊隐

《樱桃园》是安东·契诃夫的"天鹅歌",是他最后的一首抒情诗。

在他死前的两三年以内,小说写得很少,两年之间,只写了两篇的样子。这,一方面固然因为他的工作态度愈来愈诚恳、审慎而深刻了,但另一方面,他的病症已经入了膏肓,体力难于支持写作的辛苦,也是事实。《樱桃园》是在痛苦中挣扎着完成的。他从来没有一篇小说或者一个剧本,像《樱桃园》写得这样慢。它不是一口气写成的;每天只勉强从笔下抽出四五行。这一本戏,是我们的文艺巨人临终所呼出的最后一息,是契诃夫灵魂不肯随着肉体的消逝而表现出的一个不挠的意志和遗嘱。

一八九九年春季,契诃夫重新到了莫斯科,又踏进了久别的戏剧活动领域,被邀去参加莫斯科艺术剧院开幕剧《沙皇费多尔》的彩排。就在这个机缘里,他认识了丹钦柯的学生、女演员克妮碧尔。克妮碧尔渐渐和契诃夫的妹妹玛丽雅熟识起来之后,就和这位夙所崇拜的作家,发生了亲昵的友谊。他们或者在一起旅行,或者频繁地通着书信,有时候克妮碧尔又到雅尔塔的别墅里去盘桓几天。一九〇〇年八月,他们订婚;次年夏天,结婚。我们并不想在这里给契诃夫作一个生活的编年记录。但,这一段恋爱的故事,在契诃夫的心情上,确实发生了很大的影响:他在肺病的缠困和孤独寂寥的袭击之下,生活上又降临了第二次的青春;他的衰弱的身体,又被幸福支持起来,才愉快地成就了更多的创作。也许没有这个幸福,《三姊妹》,至少是《樱桃园》,就不会出现。所以,《樱桃园》是契诃夫最后的一个生命力的火花。

然而,他和克妮碧尔结婚,并不是没有带来另外的痛苦。爱得愈深,这个痛苦也就愈大。克妮碧尔是著名女演员,在冬季非留在莫斯科的舞台上不可;而契诃夫的病况,又非羁留在南方小镇雅尔塔不可。他一个人留在雅尔塔过冬,离开心爱的太太,离开心爱的朋友,以契诃夫这样一个喜爱热闹的人,要他在荒凉的小镇里,成天听着雨声,孤单地坐在火炉的旁边,咳嗽着,每嗽一次痰沫,便吐在一个纸筒内,然后把这个纸筒抛在火里烧掉,多么凄凉!他自己又是一个医生,很清楚地知道自己寿命不久即将结束。而同时莫斯科艺术剧院，还在等着他的新剧本，他自己也还有许多蕴藏在内心的力量和语言，没有充分发挥出来。于是，在《三姊妹》完成了之后，便开始动笔起草《樱桃园》。在这种环境、心情与体力之下，他在写作上感受了多少生命之挣扎的痛苦！一面是死的无形之手在紧紧抓住他，一面他尽力和死亡搏斗，用意志维持着创造的时日。这里，从他给他的太太所写的信中，我们摘取几段他自己的叙述，可以借此明了他写《樱桃园》时的心情：

> 看来，这就是我的命运了。我爱你，而且，即或你用手杖打我，我依然继续着爱下去。……这里除了雪与雾以外，就没有一样别的新东西了。一切总是老样子，雨水从屋顶上滴下来，已经有了春天的喧嚣之声了；可是，如果你从窗子望出去，景象还是冬天。到我的梦中来吧，我的亲人。
>
> 我要写一个通俗戏，但天气太冷。屋子里面冷得使我不得不踱来踱去，好叫身上暖和一点。
>
> 我尽力一天写四行，而连这四行差不多都成了不可忍受的痛苦。
>
> 天气真可怕，狂吼的北风在吹着，树木都吹弯了。我很平安。正在写着。写得固然很慢，但究竟总算是在写着了。

我好像是暖和不起来。我试着坐到卧房里去写，但还是没有用：我的背被炉火烤得很热，可是我的胸部与两臂还是冷的。在这种充军的生活中，我觉得似乎连自己的性格全毁了，为了这个缘故，我的整个人也全毁了。

啊，我的亲人，我诚恳地向你说，如果我现在不是一个作家，那会给予我多么大的快乐呀！

在他给丹钦柯的一封信里，他说：

这里的厌倦真怕人。白天，我还可以设法用工作来忘掉自己，可是一到夜晚，失望就来了。当你们在莫斯科刚演到第二幕时，我已经上床睡了。而天还未亮，我又已经起来了。你替我想象一下这种滋味：天黑着，风吼着，雨水打着窗子！

契诃夫就是在这种情形之下，把《樱桃园》慢慢地一行一行写成的。一九〇三年十月十二日，他在寄给丹钦柯的信上说：

如此，我的忍耐与你的等待，都居然得到胜利了。戏写完了，全部写完了。明天晚上，或者至迟十四日早晨，我就给你寄到莫斯科去。如果你觉得有什么必须修改之处,在我都无所谓。这本戏最坏的一点,是没有一气呵成,而是在很长的时间内,陆陆续续写的。因此,它一定会给人一个好像是勉强拉出来的印象。好吧,我们等着试试再看吧。

莫斯科冬季的浓雾,本来极不利于契诃夫的肺病,然而他是不能生活在孤独之中的,他永远喜欢面前有心爱的好朋友们。在《樱桃园》写成了以后,他就向他的太太和医生抗议,说自己也是一个医生,深知道南方淫雨对自己不利,而莫斯科冬季的浓雾,却没有什么关系。他寄给克妮碧尔的一封信上,这样说:

> 我亲爱的女指导者,太太群中最严峻的一位太太:只要你准许我到莫斯科去,我答应你在那里只吃扁豆,什么别的都不吃。我还答应你,在丹钦柯和维希涅夫斯基一进门的时候,我就站起来致敬。说实话,要是在雅尔塔再住下去,我可实在再也不能忍受了,我必须逃开雅尔塔的水和雅尔塔伟丽的空气。你们这些文化人,现在该是了解我住在此地一向比住在莫斯科坏到无可比拟的地步的时候了。但求你能知道这里的雨点打在屋顶上有多么凄凉,而我又多么强烈地想见一见我的太太就好了!我真有一个太太吗?那么,她又在哪儿了呢?

终于，一九〇三年，俄国旧历十二月初，在《樱桃园》排练得正紧张的时候，他到了莫斯科。他见到了自己的太太，自己的朋友，每天包围着他的，都是能给他贡献些愉快的人们。他最初很想在排演当中能起一点作用，所以每次必要到场。然而，演员们正在摸索的过程中，往往使他很不满意，再加上其中有一两个演员，确也未能胜任，因而处处都容易激怒他。演员们向他请求解释，他又是像照例的回答一样，只能说几句极简短而概括的话，大家摸不着头脑，于是更加错乱起来。四五次之后，他的兴趣大大减低，因此，就不再出席了。

契诃夫的剧本，在初次上演的时候，永远不能立刻被观众接受，再加上《海鸥》在彼得堡初演失败所给他的打击很深，使他每次对初演都怀着戒惧之心。这并不是自卑心理的表现，而是对庸俗社会的不信任。比如，在《三姊妹》初演的时候，他借故溜到意大利去，从尼斯旅行到阿尔及尔，然后又回到意大利，很快地又从皮沙跑到佛罗伦萨，再由佛罗伦萨跑到罗马，成心要避开得到初演结果的消息。等他再回到尼斯，知道《三姊妹》确是成功了的时候，写信对克妮碧尔说：

> 我觉得这出戏像是失败了；不过，对我还不是一样？……我就要弃绝剧场了，再也不给剧场写作

了。在德国、瑞典甚至在西班牙，都可能给剧场写作，单单在俄国就不可能。俄国的戏剧作家，不能得到人家的尊敬，被人家用长靴子踢，他们的成功与失败，他从来没有人原谅的。

现在，他自然又为《樱桃园》忧虑起来。他对丹钦柯说："你花三千个卢布把它一次买去了吧。"丹钦柯回答说："我愿意每一冬季送给你一万，而且，艺术剧院以外的演出税还不在内。"契诃夫和一向一样，只是摇摇头，表示拒绝。

《樱桃园》初演于艺术剧院的契诃夫命名日。当晚，在演戏之前，举行了一个纪念会，庆祝他文艺写作的二十五周年。他本来不愿意到场，然而，全莫斯科都好像有一种预感，觉得这位心爱作家的生命，恐怕不久就要结束了，这恐怕是能见到他的最后一个机会了。所以，文艺界、戏剧界和一切社会团体的重要人物，都聚到剧场里来，要求当面向契诃夫致敬。经过几次恳劝，契诃夫终于出席了，全场对他的表示，又诚恳，又动人，而丹钦柯代表艺术剧院向他致辞中的一段，尤其深刻而有意义：

> 我们艺术剧院能达到今天这个程度，全应归功于你的天才，你的温暖的心地，和你的纯洁的灵

魂,所以你简直就可以这样说:"莫斯科艺术剧院,就是我的剧场。"

《樱桃园》经过几次略微的修改之后,上演的成绩很优异,观众的态度也很热诚。这给予他的灵魂上一个很大的安慰。他那一生都像负着千斤重石的两肩,到这个时候,才算轻松了一下,他自己也觉得有继续活下去的权利了,即或从此不再写作,而只当一个平庸的国民,也觉得有了意义。他的心里,从此才把因长久不被人了解而受的痛苦抛开,才略微感到平静。然而,不幸地,死亡马上就来和他清算了。他在一九〇四年六月三日(旧历十六)移居到德国以疗养肺病著称的巴登维勒,而七月二日,便与世长辞。据他的太太说,他在气绝之前,用很大声音的德语向医生说:"我要死了。"说完,拿起酒杯,脸上发着奇异的微笑,说:"我很久没有尝香槟酒了。"安安静静地把那一杯酒喝干,然后,向左一翻身,就永远无声息了。

契诃夫本来计划想写另外一个剧本——两个好友因为同爱一个少女,为了解除这种痛苦,一齐逃亡到北冰洋,每天遥望着南方。有一天,洋上远远地沉没了一只巨船,两个人呆呆地在那里望着,望着那边祖国里的爱——但是这个剧本没有动手。所以《樱桃园》便成了他的天鹅之歌。

契诃夫的创作进程，是缓慢的、渐进的，他不一下把剧本的一切都想出。最初他只要把握住一个主题，这个主题，便是当日生活的脉动。在他构思《樱桃园》的布局和人物之前，一个力量，一个念头，首先在他心中成熟，成熟得跃跃地想往外跳，逼得他不得不写。九十年代的崩溃是必然的；封建与专制的没落，是已经来临了。沙皇的暴政只能对内勒死人民的生活，对外招来日俄战争的惨败。而全国知识分子，在这个时候，虽是每个人都怀着一个希望较好生活降临的幻想，然而因为久被压迫在强暴的力量之下，都失去了行动，只在空谈，只在忧郁、抱怨、叹息。时代的崩溃既是必然的，那么，这一群不肯推翻现实的寄生物，随之消灭，也是必然的了。契诃夫把握到这个主题之后，才去默想他的人物。这些人物，在他的心中，经过很多时间的孕育和发展，经过很多的观察、参考，和现实人物典型的模拟，逐渐在他心里成形。人物的性格、气质定型之后，他才开始用很厚的一个笔记簿，给这些人物搜集材料，如故事、动作与对话。无论走到什么地方，看见些什么，遇到些什么人，或者读到些什么独立的句子，偶然想到些什么，凡是与他已经构思成熟的人物特性有关的，都随时记录在这一本簿子里。一直到这些特征的零碎记录，在他看来，足够写成一个人物的时候，他才给剧本分幕。

分幕的方法，并不以故事为出发点，而首先去寻找适宜的情调。如《樱桃园》的第一幕，是一个恼人的春天，晨曦，家人的团聚，理想之憧憬……而第二幕是懒散，空谈，伤感，半歇斯底里的人物，动荡与矛盾的心情。第三幕，荒凉的夜晚，各人怀着各人的忧郁，自私，人类灵魂之无法沟通，矛盾之增强。第四幕，崩溃，绝望，别离，等等。他就照着这些情调一幕一幕地往下写。这样，在他断续写下去的时候，人物就不会再有变动。戏剧故事，在契诃夫看来，是应该任其自然地发展的，他最不相信勉强拉进去许多穿插的方法，他的戏剧，出发于能以表现主题，能以表现现实生活之脉动的特征人物，而不出发于故事。必须是因为有这些人物生活在这样的环境中，才自然会产生这些行动，这些故事。现实生活里的生动，都是缓缓地在发展着的，没有明显的逻辑，更没有千年的大事，一下全在两小时以内一齐发生的现象。人类的行动，全是随着偶然的机遇与相逢而展开的，不是根据作者的逻辑所决定的。而，最特征的行动，又不是巨大的，或有戏剧性的，那些反而都是最琐碎最不经心的自然表现。同时，大多数的人民，并不去决定他们的命运，只任由着命运去决定。平凡的人们像是一部棋子，被一个巨大而无形的手摆布着。这并不是说大多数的人民，都是宿命主义者，而是说，他们连宿命的意识都没有，生活使他们麻木，痛苦使他们失去了知觉。生活里，不是每一个人都在清醒着，不是每一个人都有革命的意识，恶的既不是理智地在作恶，而善的行为，也只是环境压迫的结果。整个社会就这样像网一样地交织着，清醒的与蒙昧的，荒谬的与正义的，高贵的与卑贱的，理智的与愚蠢的，都交织在一起，成为一个和声，成为一部交响乐。不但人与人之间起着这样的共鸣，即在人与环境之间，也起着共鸣；这也是现实的特征。所以，有些地方传来弦索绷断的声音，有些地方又漫弹着凄凉调子的吉他琴，哀吟着歌曲，白头鸟在唱着春晓，马车在喧叫着走远，空洞而沉着的一道一道房门的下锁声音，向旧世纪道着诀别，而远远地又有牧童吹着芦笛。

这就是契诃夫所介绍的现实之节奏。

他的人物就在这个节奏里活着。

《樱桃园》里的人物，和他的其他剧本一样，都有现实中活人的模型，作他们产生的源泉。一九〇二年夏天，当他带着克妮碧尔住在斯坦尼斯拉夫斯基的别墅"留比莫夫卡"的时候，就开始构思这些人物了。这座别墅，坐落在莫斯科附近，从那里沿着东部古伟的松杉森林，坐四十分钟的火车，再换马车走三俄里，就可以到达。那里有一条历史名字的河流，叫做克里雅兹玛。契诃夫是最喜欢钓鱼的，在那里，大部分时间就消磨在垂杆之上。一边钓着鱼，一边，一个古老的家庭，一个即将破产的地主的房舍，来到他的想象之中：樱桃树枝探进那间育儿室的窗子里来，开着白花。这座房子，若干年来都没改变过样子，从女主人的婴儿时代起，一直到她的流亡止；什么都没有改，只是没有一点用处。这是封建主义的象征。不但屋子没有变动，就是这所房子里的生活，也一点没有改变过。主人，郎涅夫斯卡雅太太，便是一个紧抱住封建社会的阶层的象征。她徒有空想，热情，而不顾现实，把精力完全浪费在浪漫的罗曼史上；她紧紧追恋着旧有的荣光与既成而已无用的产业不放，不肯面对已经降临的崩溃的必然性；虽然自己已感到无法生活，可是依然过着挥霍的日子，自己给自己促进破亡的时日。契诃夫最初所想象的郎涅夫斯卡雅太太，据他自己说，"应该是一个很奇怪的老太婆。她常常向用人们去借钱。"后来，他写她常常向暴发户罗巴辛借钱——她的残喘，不得不借着乞怜于新兴的阶级来维持了。

他想，郎涅夫斯卡雅太太的哥哥，应该是一个典型的世纪末正在没落的俄国知识分子，正如他所指责的，是"什么也不寻求，什么也不做，同时也实在没有工作的能力。……什么也不学，什么严肃的东西也不读，绝对什么也不做，每天只在那里空谈科学，对于艺术，懂得很少，甚至一点都不懂，只高谈哲理……"的一个人物。所以，加耶夫，每天只沉湎于打台球的游戏上，或者只去看一看滑稽戏。他虽然已经五十一岁了，在老仆人费尔斯的心目中，还是一棵"小树"，一个"年轻的孩子"，整天吃着糖果，没有仆人给脱衣服便不能上床去睡，或者便会穿错了裤子。他整个是旧社会的寄生虫、装饰品，他自称为自由主义者，自以为怀着"善与社会"的意识，而这在我们看来，只是一个"对自己和对别人的一个消遣"。他把精力和抒情，完全放在维护旧的破的与无用的东西上去——他能对一座旧碗橱发表一大段诚恳的演说，他能指责自己亲妹妹的缺点，可是，并不做一点实际行动的打算，并且对提倡改革现状的人们加以咒骂和攻击。他只梦想着旧社会能发一次慈悲，或者得到婶母的一笔遗产，或者有一个富翁把他的外甥女娶了去。这样的一群，终于要随着时代的崩溃同时灭亡，岂不是必然的；岂不是毫无疑义的？老仆人费尔斯，象征着这样落后的一群怎样见证着新时代的来临而绝了最后的一口气。

其他的人物，也都是他在"留比莫夫卡"别墅和别处，根据接触到的人物所造成的混型。夏洛蒂是一个英国女人的化身。这个卖艺出身的女人，就住在别墅的左邻，时常和契诃夫过从。她这个人的外形很特殊，又瘦又小，喜欢穿男人的服装，头上却梳着长长的两条小姑娘的辫子。这种容貌、举止和装束间的不调和，令人不能一见就辨别出她的性别、年龄和身份。契诃夫也很喜欢和她在一起谈些诙谐的话。有一次,他对她说自己本是一个土耳其人,家里已经有了太太和侧室,将来他回国当了总督的时候,一定把她接了去。她常常骑在他身上和他开玩笑。这个瘦小的英国女人,后来,在《樱桃园》里,就变成了高大的德国人,从小丧失父母,到处漂泊,满腹怀着无处去说的悲哀,因而只有讲些胡话,变变戏法,好混混时日,压住痛苦。叶比霍多夫也是许多真实人物的混型,其主干是别墅里的一个管家书记,契诃夫时常跟他闲谈,劝他多读点书,多得点教养,好成一个像样的人。那位书记于是买了一条红领带戴上,还准备去读法文。学生特罗费莫夫也是契诃夫的邻居之一。

契诃夫和莫斯科艺术剧院的关系,越来越亲近了,而他后来的剧本,几乎全是为艺术剧院而写的。所以,在剧中人物的外形、年龄和性格的构成上,或多或少地渗进了一点演员们的素质。契诃夫在构思人物时,也许没有考虑到演员,但在写剧本的时候,角色的分配,至少下意识地影响了一点他的写法。比如,老仆费尔斯,便是脱胎于阿尔兹的举止;加耶夫渗进了斯坦尼斯拉夫斯基的气质;郎涅夫斯卡雅太太,最初他认为没有适当的演员,后来就定型在克妮碧尔的身上;夏洛蒂之变为高大的德国人,是因为女演员穆拉托娃具有这样的外形;而叶比霍多夫的莫名其妙,也是因为莫斯克文在试排时胡乱采用了些即兴的演法而确定的。莫斯克文从来没有演过这样的角色，最后也把握不定这个性格，于是把他在外省演通俗笑剧时所用的方法，和严肃的表演，混在一起；他自己和大家都以为这一定会招恼了契诃夫，但，契诃夫很高兴地说："这样正是我所要写的人物。"《樱桃园》的稿子，经过几度小小的删改之后，叶比霍多夫便完全成了莫斯克文所演的样子。

在《樱桃园》没有动手之前，契诃夫写给他太太的信上说："我要写一本通俗戏！"虽然后来他在定稿封面上，写的是"四幕正剧"，可是他口口声声称它是通俗剧。这本"通俗剧"，一直到已经开排，还没有想出题名。有一天，契诃夫大笑着向斯坦尼斯拉夫斯基说："我已经给它想到一个名字了，叫'樱桃园'。听着，不是'樱桃园'，而是'樱桃园'。"他说完又大笑起来。表示得意，好像是发现了一样珍贵的东西似的。斯坦尼斯拉夫斯基和别人，最初不能了解他这个胜利的笑声和题名所表现的意义；而契诃夫又一向不喜欢多作解释，这是我们所深知道的。后来，他这个剧本的名字，终于被了解了。原来根据俄国的文法，凡是 e 的变音（"也"音变为"牛"音），都表现陈坏破旧不能再用的意思。契诃夫所介绍的樱桃园，不是可以再能生利的园子，因为它所出产的樱桃，已经没有人再买了；这座园子，虽然还在盛开着雪白的樱桃花,虽然以前的样子一点也没有变,外表上景色依然是壮丽的,然而,它已经是废物了,它的存在,不但是多余的,而且成了郎涅夫斯卡雅太太破产的主因,旧的、陈腐的、过去时代的,即或表面上还保持着往日的辉煌,而事实上已经非灭亡不可了,已经没落得非崩溃不可了,假如我们只留恋着以往,迷醉于它的外表的繁荣,而不面对社会转型的必然性,决然地砍倒旧的,建立起新的,那就不能避免本身消灭,就是这一群腐旧迷恋者,也必然随着消灭。这就是《樱桃园》的主题。

十九世纪的俄国,是一个动荡的时代。这个震荡,在表面上最初并不十分明显,因为沙皇的铁掌,在遮压着全国的耳目。然而,在沙皇的王冠镇压的底下,有千万人民呻吟着,这些呻吟,随着压迫的逐渐强烈,而澎湃成为呼喊。人民的吼声,变成了怒海的巨浪,早已把沙皇的城堡的地下,冲成废墟;上边的城堡,势必有一天会完全崩溃下来。这种现象,只有往前迈进的人们,才能看得清楚。所以,学生特罗费莫夫对安尼雅说:

> 你想想看,安尼雅,你的祖父,你的曾祖父和所有你的前辈祖先,都是封建地主,都是农奴所有者,都占有过活的灵魂。那些不幸的人类灵魂,都从园子里的每一棵樱桃树,每一片叶子和每一个树

干的背后向你望着,你难道没有看见吗?你难道没有听见他们的声音吗?……啊,这够多么可怕呀。

这些从四面奔来的人类,用愤怒而欲复仇的眼睛,盯着这座即将崩溃的堡垒,用吼声摧毁了这个堡垒。然而,还有一大部分的知识分子,由于惰性,宁愿自我陶醉在往日的幸福中,如郎涅夫斯卡雅太太之回想童年时代,宁愿伤感于往日光辉之不再来,如加耶夫之对旧碗橱的落泪。他们不但不去决定自己的命运,而且对这种建议或提醒,都加以鄙视和斥责。当罗巴辛主张砍去樱桃树而另建别墅的时候,郎涅夫斯卡雅太太骂他俗气,加耶夫更进而斥责他是胡说。可是等到一天,樱桃园不再属于自己了,亲耳听见人家用斧子丁丁地伐倒那些美丽而陈腐的梦一般的废物,除了悲泣着逃亡,还有什么办法呢?

契诃夫不但是一个给病人诊病的医生,而且是给社会诊断病源的医生,他断定这个社会的病源,并且指明了诊治的方法。他借着罗巴辛的嘴说,要想挽救崩溃与灭亡,必须"把地皮先整顿整顿,把地面上先清除干净了;你必得把所有旧的房子都拆倒——比如这一座房子吧,反正已经没有什么用处了;你还得先把樱桃园砍掉。……"然而,像郎涅夫斯卡雅太太和加耶夫那样的人,是不会明白的,他们已经掉在灭亡的圈子里了。他们虽然时时梦想着一个新时代,然而没有勇气去摧毁现状,就连摧毁一座近乎废物的樱桃园,重新建起一座生利的新樱桃园,好求到"像黄昏的太阳沉落在灵魂里"的勇气都没有。所以,罗巴辛讽刺地大笑着说:

  这全是你们在迷雾中去建立想象的结果啊!

  作者不但指明旧时代崩溃的必然性,而且更预言世纪末转变期间,会有哪一个阶层起而取代了旧的统治势力。这个新兴阶层,便是罗巴辛所代表的住别墅的人们。罗巴辛是一个农奴之子,凭着自己的努力发了大财,接管了地主的产业。他代表一个新兴的商业资本的力量,占据了封建主人的王座。这是商业资本主义的开始。这个资本主义阶层的势力,从此要扩大它的领域,扩大它的势力。罗巴辛预言住别墅的人,将来会兴旺而加多起来,这就是说,俄国资本主义的势力,会有一天,统治了全国的各阶层。在这个幼稚的发展的开端,外国的工业资本主义,已经雄健,而且已经侵入了俄国。那些建筑铁道的,那些发现白胶泥的英国人,便是这种力量的象征。寄生于崩溃中的封建社会的知识分子和旧有的地主,到了这个时候,要想苟且生活,就只有把全部产业押给那些资本家,再度寄生于这些新兴的统治阶级。所以,皮希克的幸运,并不是偶然的构思。

契诃夫的《樱桃园》，写得这样精炼，结果成了一首社会的象征诗。不再生利的樱桃园，代表着旧而即将崩溃的封建制度，寄生在这个制度里边的人物，各代表着一个阶层，一种力量，而都活生生地反映出那个时代里那些阶层的动态。郎涅夫斯卡雅太太是一个徒有热情而无理想，苦苦抓住正在崩溃的封建制度的人物；她的哥哥，则代表一般知识阶级的懒惰，喜好安逸，只尚空谈，只作梦想；罗巴辛是由农业社会当中崛起的商业资本主义；皮希克，是封建的残余，借着寄生于突然侵入的资本势力而残喘些时日；其余的人们，如夏洛蒂、杜尼亚莎，也都是旧社会的寄生物，既已被旧社会注定了悲惨的命运，又不知道自己的命运是在被玩弄着。只有特罗费莫夫和安尼雅，是较新的一代，天真，怀着不久将临的光明之幻想，只有他们才懂得歌颂春天，歌颂太阳，歌颂鸟鸣；最后，费尔斯象征着世纪末的悲哀，是封建制度的叹息，低头，降服和死亡。新的势力在兴起，新的势力，在费尔斯临终的时候，正用斧子无情地在砍倒那些无用的樱桃树。

契诃夫的意识是积极的，态度是愉快的。无论环境是多么恶劣，无论身体感到多么痛苦，他的精神，总是那样怡然。他最喜欢开玩笑，最喜欢讽刺；凡是有契诃夫在座的场合，大家永远不会感到寂寞。虽然他不像高尔基那样用愤怒的语言，武器一般的词汇，来打击陈旧的与丑恶的，可是他这种自信的乐观精神，充分地从《樱桃园》里表现出来。在《三姊妹》里，他已经作过一段预言，他说：

> 冰山上的大块积雪向着我们崩溃下来的时代到了，一场强有力的、扫清一切的暴风雨，已经降临了；它正来着，它已经逼近了，不久，它就要把我们社会里的懒惰、冷漠、厌恶工作和腐臭了的烦闷，一齐都给扫光的。我要去工作，再过二十五年或者三十年，每个人就都要非工作不可了。每一个人！

同样的态度，同样的主张，在《樱桃园》里的表现变得更积极了：

> 我们要想在目前的现实里能生活下去，就必须首先抵消了以往，先把以往的梦想清偿完结；而要抵消以往，就只有经受痛苦，经受坚忍不拔而无间断的劳动。
>
> 人类是不断向前迈进的，人类就在迈进的过程中，逐步完成他的力量。目前无论我们有什么达不到的理想，总有一天会临近的，会清清楚楚看得见的；可是我们必须工作，必须用尽一切力量来帮

助其他寻求真理的人。目前，全俄国只有少数几个人在工作着。我们所认识的受过教育的绝大多数，都是什么也不寻求，什么也不做……他们对农民们像对牲畜一样的虐待……他们装得很严肃，个个摆出一副尊严的面孔；他们只讨论重要的题目，高谈哲理；可是，大多数的人民，都还像野蛮人似的活着……这些人食睡在污秽当中和霉腐的空气里；到处都是臭虫、臭气、潮湿和道德上的堕落……这就证明我们的一切空谈，只等于教自己和朋友消遣消遣而已。

我们生活的整个意义和惟一的目的，只是要避免一切渺小，一切虚伪，一切足以妨碍一个人的自由与幸福的东西。前进，我们要不受阻挠地往前进，向着面前远远远远燃烧着明亮亮的星星迈进！前进，不要迟疑，同志们！

契诃夫的戏剧题材，从来是现实的，而主题的积极性，就没有一篇比《樱桃园》更强烈。我们在前边已经提到，他在写这一本戏的时候，正是病入膏肓，一个人，在冬季，孤零零地，住在边远的克里米亚半岛，和病的势力与身体的羸弱挣扎着，要用他最后的力量和最后一口气息，给我们再多留下一笔遗产；要用极大愉快的灵魂与热切的希望，"像黄昏的太阳"一样，在奄奄将息的生命中，发出最后的光辉，发出最有力量的呼声，召唤未来的光明；主张及早伐倒无用的樱桃树，清除荒芜的土地，重新建起新世纪的建筑；提倡每个人都劳作，呼吁帮助其他寻求真理正义的人。许多人认为契诃夫缺少积极性；但，如果我们想到他如何在生命之绝望，生活之寂寞，和凄风苦雨的包围中，还在写到"我看见幸福来近了"，就可以知道，在一个垂死的病人，这就太够积极的了。假如契诃夫有高尔基的健康，有托尔斯泰的高年，而还能活到第一次五年计划以后，我们有理由相信，他会是战斗的，会是英勇得像今天一个反法西斯蒂的兵士的！

我们必须懂得怎样去了解契诃夫的剧本，或者把范围缩得更狭一点说，知道怎样读《樱桃园》，才能发现这是一首抒情诗，才能发现这一群活生生的人物，在谈着自己的问题，在生活着，恰如现实一样。契诃夫戏剧的演出，每一次都不能立刻被观众理解，必须等到次年冬季，再度上演的时候，才能充分地受到欣赏。读契诃夫也是一样，必须抛弃我们传统的戏剧观，放下在剧本里寻求"戏剧"的念头，才能感觉到这些人物故事，不是"戏剧"，而是"人间的戏剧"；必须抛弃唯心的偏见，懂得客观存在着的事与物，在人类思想、心灵、情感和举动上，发生些多么大的刺激与唤起力，才能了解契诃夫剧本里每一种声音，无论是小鸟的唧噪，或是芦笛的微声，无论是春煦的阳光，或是散布着悲哀的吉他琴，都在充分地发挥着人类内心的形态。这些外在的事物，便是情调。要了解契诃夫，首先必须懂得玩味他的这些情调，全剧，每一幕，每一场，都有他们最深刻，最真实，而又最强而有力的情调存在着。人物在整个情调下缓缓地动着，谈着，每一个人都因为内心的情调与外在的空气的荡漾而表现出不同而又富特征的姿态。他们没有丝毫的矫造，没有一个像是戏中的人物；他们都是我们所常见到的活人。把握住契诃夫的情调，再去把握他的语言。契诃夫，像普希金与屠格涅夫一样，所用的虽不是口语，然而，他的语言也并不是金粉所装饰成的躯壳。这虽然是文艺的对话，而对话已经简练成了珠玑。简练并不是简陋，更不是潦草。契诃夫以至高的文艺口味，把最深刻、最有力、最富特征的字句洗练出来，往往只用一句话，或者一两个字，把人物内心那些用千言万语所无法讲清楚的感觉，完全给透露出来。比如，在《伊凡诺夫》里有一段论到太太的问题，最初，他也像别的作家一样，使人物在这个问题上发泄了一大篇牢骚；然而，他觉得这个感想是任何人都能了解得到的，于是把那一大段对话，缩成了一句："太太，不过是太太而已！"像这一类的写法，在契诃夫所有的剧本里，都占着最重要的位置。我们如果忽略了它们，只要轻轻放过去一个字，就会影响了对于那个人物的了解。

比如，在《樱桃园》里，皮希克常常莫名其妙地说一句："咦，奇怪！"加耶夫常常出着神回答别人一句："谁！"而夏洛蒂和罗巴辛又时常说："反正还不是一样！"这些短短的台词，并不比大段的对话更不重要，相反地，在表现知识的水准、漠不关心的心情、憧恍的习惯和因久受痛苦的积压而养成的某种口头语自然流露的背后，都有丰富的人生实状在支持着。我们倘若仔细观察一下生活的日常现象，就会知道，绝大多数的人民，在表示最痛苦最难堪的心思的时候，往往只说最少的言语，甚至说出极不相干的言语。

更深的情绪，有时连一句半句语言都觉得是多余的。"而今识尽愁滋味，欲说还休；欲说还休，却道天凉好个秋！"契诃夫的人物，大半都是这样的人物。所以，一次吹口哨，一次哭泣，一句未说完而又吞回去的话，一次沉默无言，都是最沉痛的表现。读契诃夫的戏剧，在他的语言以外，还需要把握住那些无声的语言。他自己在某次排演的场合上，向演员们解释说：

> 知识阶级，偶然遭受一两次痛苦，会觉得这个刺激过于强烈，便会大叫起来；可是广大的群众，无时无刻不受痛苦的压迫，感觉便麻木了，他们不会狂喊狂叫，或者变态地乱动的；你们在大街上或者在住宅中，于是只能看见沉默的人们，毫无声息

地在活着动着，他们到了太痛苦的时候，反而只吹一声口哨。

外在的事与物，也能陪衬出人的情绪。自然里的现象，是综合的，是交织的，人与万物交织在一起，才是生之节奏。有时人物连口哨都不吹，只呆呆地在那里听枭鸟子规的哀啼，听牧童的芦笛悲歌，或者在每一个人的心都沉重得像巨石一样的时候，自然会特别注意到某些交应的声响，如：一声弦索绷断似的声音自天而降，消逝之后，在默默的人们中间，罩上一层悲哀的迷雾。我们如果把契诃夫戏剧里的舞台说明删掉一两个字，他的人物便会死去几个。

有些人物，只说了一句半句话，便不肯再说下去；有些人物，絮絮叨叨地发表着大段的议论，可又没有一句碰着边际的，都是空洞的，逃避现实的，梦寐的；有些人索性不去谈到实际问题，而只讲狗吃什么，台球怎么打，从前的天气是怎么样。这些人物，或者是受过沉重打击的，或者是愚蠢的，或者是玩世的，但都是这个世纪的忧郁所铸成的不同而一致的现象。每个人的神经都有些变态，只是，恰如契诃夫所提示的，变态的人，绝不会在大街上或住宅内狂叫狂跳，他们把变态的心理，发泄在容易激怒上，发泄在容易哭泣上，发泄在相互间的半开玩笑半吵嘴上，发泄在小题大做上。……

我们假如实地观察一下自己周围的生活群，就能发现同样的现象。为什么我们每日看见这么多为一点小事就吵红脸的人们，为什么有这么多动辄落泪的人们，为什么有这么多对秋毫之末都斤斤较量的人们？这都是半歇斯底里的表现，这都是整个用痛苦不断地把人类往下压榨的结果——但，没有一个人自己觉得出是为什么；而且习惯久了，便觉得这是普遍而不足奇的现象了。惟有契诃夫第一个把这个重大的现象，指给我们，我们才在他的剧本中，发现那些我们最容易忽略的地方，发现这个深刻观察，正恰中了生活的实际状态的主要律动。

在巨大的痛苦之手掌抓持之下，人类挣扎着，呻吟着。人类在长期地忍受痛苦之后，外表虽已麻木，而内心的千伤百痛，却永远凝结成为一团，紧紧扣在心里，永不会消除。因此，我们处在困难的世纪中的人们，生活永远是向内的。于是他们在行动上语言上所表现的，也都是以自我为中心，进一步便成了自私；对一切身外的事物与人群，都漠不关心，对一切与自己无关的，都没有责任心；无论有什么事情发生，或者什么问题提出，人们必然第一个先想到自己。即或大家在一起闲谈的时候，有哪一个不用自己做例子呢？有哪一个不是借着共同的题目来发泄自己的积郁呢？所以现实的人生中的谈话，常常是所答非所问的。《樱桃园》比起契诃夫其他剧本更具特征的一点，就是这种言不对题的对话。初一读来令人觉得摸不着头脑，但，你先去想一想生活中的例子，比如一个学生受了先生的斥责而独自哭泣的时候，围来劝解的同学，有几个是完全出自同情而开口的呢？他们必然是你一句我一句地各人谈各人所受那位先生的冤屈，就没有一句话是互相回应的。现实生活中的谈话，其发展绝不似舞台性的戏剧那样"逻辑的"。反过来说，凡是依逻辑的形式而决定的对话，就都不是现实主义的戏剧。《樱桃园》人物的创造上，最大的一个贡献，就是把活生生的人类的心的声音，介绍出来。所以，在大家正叙离情的时候，孤苦伶仃的夏洛蒂突然说一句，"我的小狗吃胡桃"，在大家正谈到严重问题的时候，加耶夫喃喃着："打红球进中兜！"他的人物，都是认为世界有了自我才存在的，某甲所问的是甲的自己，而某乙所答的又是乙的自己；而所谈的，又都不是严肃的问题，全是些琐事。这种自我，渺小，急躁，漠不关心，梦想，逃避现实……都是人生的真现象，尤其是这个时代的真现象。这是《樱桃园》最大的一个特色。

要想了解契诃夫，必须懂得欣赏诗，懂得欣赏他的作品所包含的抒情因素；必须先把寻求"舞台性"的虚伪戏剧观铲除；必须懂得在剧本里去寻求真实的人生。而要了解这个人生，要了解这个契诃夫式的人生观与世界观，就又必须先去全面地了解现实生活的全貌。要了解生活的全貌，必须扩展自己生活的宽度，而不要站在高处；必须去主观地、透彻地经验人生，把握住它的脉动与形态，而不是客观地去分析它的表面。必须这样，才能懂得契诃夫的真价值，才能知道《樱桃园》的伟大。

一九四三年十月，重庆

Антон Павлович Чехов
Вишнёвый сад

图书在版编目（CIP）数据

樱桃园 /（俄罗斯）安东·巴甫洛维奇·契诃夫著；焦菊隐译 .—上海：上海译文出版社，2024.6
（契诃夫戏剧全集：名家导赏版；2）
ISBN 978-7-5327-9589-5

Ⅰ.①樱… Ⅱ.①安…②焦… Ⅲ.①多幕剧-话剧剧本-俄罗斯-近代 Ⅳ.①I512.34

中国国家版本馆 CIP 数据核字（2024）第 097792 号

樱桃园 契诃夫戏剧全集 2 名家导赏版	Антон Павлович Чехов ［俄］安东·巴甫洛维奇·契诃夫　著 焦菊隐　译	出版统筹　赵武平 责任编辑　陈飞雪 装帧设计　张擎天

上海译文出版社有限公司出版、发行
网址：www.yiwen.com.cn
201101　上海市闵行区号景路 159 弄 B 座
上海市崇明县裕安印刷厂印刷

开本 787×1092　印张 4.5　插页 3　字数 59,000
2024 年 6 月第 1 版　2024 年 6 月第 1 次印刷
印数：0,001—8,000 册

ISBN 978-7-5327-9589-5/I·6078
定价：32.00 元

本书中文简体字专有出版权归本社独家所有，未经本社同意不得转载、摘编或复制
如有质量问题，请与承印厂质量科联系，T：021-59404766